다정의 온도

정다연

PIN
004

다정의
온도

정다연
에세이

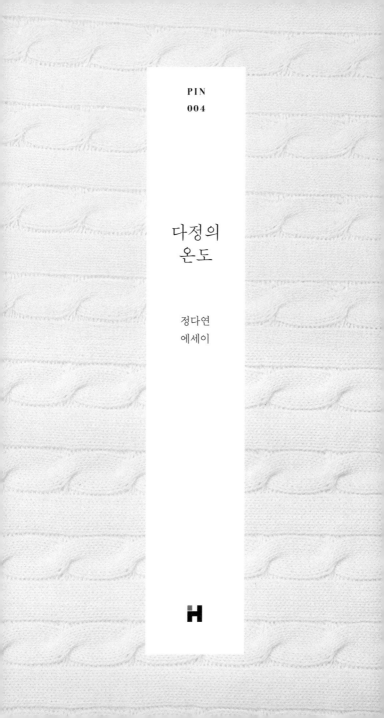

계수나무 잎사귀에서

솜사탕 향이 난다

차 례

자화상

다정의 온도

나는 내가 사랑하는 것들에 대해 말하는 걸 두려워한다. 어린 날 비즈가 촘촘히 박힌 발레복이 너무 아름다워서 어디든 가지고 다녔다가 도둑맞고 말았던 기억처럼, 세상 앞에 사랑하는 걸 마음껏 자랑하다가 잃게될까봐 무서웠다. 남들이 탐낼 리 없는, 나에게만 의미있는 작은 순간도 마찬가지였다.

그러나 이 책을 쓰는 동안에는 용감해지려고 했다. 내가 어떤 이들을 사랑하는지, 거의 모든 일상을 함께보내는 반려견 밤이에게 무엇을 배웠고, 피로에 젖은채로 지하철에서 보았던 한강의 윤슬이 왜 그토록 아름답게 느껴졌는지를 적어보았다. 자신의 삶에만 몰두하던 한 사람이 어떻게 해서 두 사람이 되어 걸어가기로 했는지 쓰기도 했다.

돌이켜 보니 이 책을 써 내려가던 시간만큼 스스로에게 다정했던 순간은 없었다는 생각이 든다. 나는 자기 자신에게 다정해짐으로써 구할 수 있는 자유를 얻게 된 것 같다. 그것이 좋은 기억이든 나쁜 기억이든, 내 몸에 얽힌 모든 시간에 차등 없이 온기를 내어주길 요청한다는 사실도 알게 됐다. 그제야 나는 조금 더 가벼워질 수 있었다. 말할 수 없다고 여겼던 내밀한 상처와도 조화롭게 지낼 수 있었다.

내가 사랑하는 것들을 기꺼이 말할 수 있도록 이 이야기에 기꺼이 동참해준 이들이 많다. 친애하는 친구들, 까마득히 잊고 있던 과거를 되찾아준 사물들, 세상을 고유한 몸짓으로 구성하고 있는 수많은 존재들…… 덕분에 오늘 내 자리에 빛이 든다는 걸 안다. 때때로 삶이 차갑고 쓸쓸하게 느껴질 때조차 그 온도를 받아들일 수 있다. 바라건대 나는 우리가 스스로에게 좀 더 다정해질 수 있으면 좋겠다. 이 책의 단 한 줄이라도 그 일에 요긴하게 쓰인다면 바랄 것이 없겠다.

얼마 전에는 이런 장면을 보았다. 평소처럼 밤 산책을 하며 공원을 지나는데 인공 연못 덤불 사이에서 새끼 고양이의 울음소리가 들려왔다. 고양이는 갈수록 더 크게 울었다. 근처에서 새끼 고양이의 울음소리를 들은 사람들이 하나둘씩 걸음을 돌려 소리가 들려오는 쪽으로 모여들었다. 우리는 어디선가 나타난 엄마 고양이가 새끼 고양이를 데리고 사라지는 걸 보고 나서야 자리에서 흩어졌다.

나는 낯모르는 우리가 한데 모여 있던 그 짧은 시간이 기적처럼 느껴졌다. 무심히 지나쳐도 그만일 작은 존재의 울음소리에 응답하듯 우리가 걸음을 멈추고 그곳으로 향했던 일이 당연하게 여겨지지 않았다. 울음이 잦아들길 기다리면서 보았던 사람들의 표정이, 한밤의 잔상이 잔잔하게 일렁였다.

그 장면은 내게 우리 주변에 다정이 있다는 걸 믿게 했다. 작고 연약한 존재들에게 향하는 우리의 발걸음 속에, 그것을 바라보는 우리의 표정 속에 분명히 말이다. 앞으로 다가올 날에도 우리가 잠시나마 그런 순간을 나눠 가졌으면 좋겠다. 그런 기억의 온기는 좀처럼 사라지지 않으니까.

1부

사랑하려고 한 게 아닌데 사랑하게 된다면

나의 첫 번째 바바리코트

빈티지

죽은 사람의 옷을 벗겨서 판대. 학창 시절 빈티지 옷을 유난히 좋아하던 내게 친구들이 경고하듯 말한 적 있다. 그 말을 처음 들었을 때 어떤 기분이 들었는지는 잘 기억나지 않지만, 분명한 건 크게 개의치 않았다는 것이다. 단순히 친구의 말을 믿지 않았기 때문은 아니었다. 오히려 그 말은 꽤 일리 있어 보였다. 내가 자주 가던 광장시장만 해도 옷들이 무더기로 쌓여 있는데 그중 어떤 옷 하나쯤은 그런 사연이 있을지도 모르겠다는 생각이 들었다. 다소 자극적인 상상을 이어가지 않더라도 적어도 나에게 오기까지 옷이 거쳐야 했던 수많은 사람 중 어떤 이는 이미 세상에 없을지도 모르겠다고 여겼다. 하지만 그런 괴담이나 출처가 불명

확한 속설보다도 나는 옷이 품고 있는 이야기에 더 관심이 갔다. 구멍 난 니트에 누군가 자수를 놓다 그만둔 흔적이나 내 발에 딱 들어맞는 뒷굽 닳은 운동화, 여러 번 수선한 게 분명해 보이는 청재킷 같은, 사람과 사물, 시간이 함께 부딪히며 만들어낸 오묘함이 좋았다. 그리고 그것이 내게 여러 상상을 불러일으킨다는 것도.

내가 제일 아끼는 가을 외투인 바바리코트는 몇 해 전 동묘 시장에서 구매한 것인데, 나는 이와 비슷한 옷이 백 벌쯤 걸려 있어도 단번에 알아볼 수 있다. 코트 끝자락에 원형의 갈색 얼룩이 산발적으로 흩어져 있기 때문이다. 빗길을 걷다 지나가는 차에 흙탕물이 튄 것인지, 커피가 바닥으로 떨어지는 바람에 음료가 튀면서 생긴 것인지 알 수 없지만 나는 우연과 실수가 만들어낸 그 무늬가 나쁘지만은 않다. 어떤 사건은 그 일이 일어나기 전으로는 돌아갈 수 없게끔 반드시 흔적을 남기기 마련이니까. 사물이나 사람이나 지워지지 않는 흔적 하나 없이 깨끗할 수 있다는 게 오히려 나에겐 더 이상하게 다가온다. 삶은 유리컵을 엎지르고 싶지 않아도 엎지르게 되는 일처럼 통제할 수 없으니.

시간이 흐르면서 빈티지에 대한 관심은 책과 가구, 그림 같은 사물로 넓어졌다. 그중 꽤 오랫동안 모은 건 헌책이다. 지금은 감당하기 어려울 정도로 많아진 탓에 이전만큼 자주 사지는 못하지만, 한동안은 사라진 출판사에서 출간된 사진집이나 예술 서적, 절판된 책을 보면 그냥 지나치지 못했다. 언젠가는 읽지 않을까 하는 막연한 생각도 한몫했겠으나 최근에 출간된 책에서는 볼 수 없는 다양한 판형과 긴 시간을 견딘 종이만이 낼 수 있는 질감이 특히 좋았다. 고운 돌가루나 먼지를 표면 위에 살짝 올린 것 같은 까끌함. 그런 감촉들은 어디서나 쉽게 만날 수 있는 게 아니었기 때문에 이상하리만치 마음이 갔다.

그 외에도 책 내지에 정갈한 필체로 누군가 적어둔 이름이나 조금 더 좋은 사람이 되자는 다짐, 몇십 년 전 마감 기한이 지난 한 출판사의 공모전 소식을 보면 시간을 뛰어넘어 세상 어디에서도 경험할 수 없는 이상한 방식으로 얼굴도 모르는 이와 마주하고 있다는 생각이 들었다. 나에게 있어 그것은 때때로 피부에 닿는 옷이라는 형태로 나타나기도 했고 빛바랜 책에 여러 번 밑줄 그어진 문장으로 나타나기도 했다. 나는 먼 시간이 건네준 그 물성을 사랑했다.

그리고 첫 시집을 준비하던 여름, 머리를 식힐 겸 답십리 고미술 상가를 찾아가 상점을 돌며 이것저것 구경하고 있었을 때 그림 한 점이 눈에 들어왔다. 그 그림은 잡다한 물건과 함께 유리문에 걸려 있었다. 한눈에 봐도 제법 묵직해 보였기에 유리가 무게를 이기지 못하고 부서지면 어떡하나, 걱정하면서 앞으로 다가갔다. 가까이서 보니 유럽의 거리를 화폭에 옮긴 듯했다. 캔버스의 중심으로는 길이 나 있었고 양옆에는 진한 벽돌색 건물과 큐폴라 형태의 지붕, 첨탑, 앙상한 뼈대의 나무가 그려져 있었다. 흰색이 도드라지는 옅푸른 색감이 하늘과 길목에 감도는 것을 보아 계절은 겨울인 것 같았다. 내가 그림 앞에 머무는 시간이 길어지자 주인아저씨가 내게 말했다. 아주 오래전 일본에서 건너온 작품이라고.

그러나 나는 주인아저씨의 말이나 캔버스를 가득 채운 색채보다도 그림의 테두리를 감싼 붉은 벨벳과 꽃과 나비의 문양으로 꾸며진 액자에 눈이 갔다. 세월의 흔적을 보여주듯 마모된 모서리와 군데군데 떨어져 나간 목질들. 금빛과 황동색이 은은하게 도는 그 문양들은 내 마음을 사로잡기에 충분했다. 잠깐의 고민 끝에 나는 주인아저씨께 말했다.

"이 그림 사 갈게요. 계산해주세요."

여러 날이 지났지만, 여전히 내 방의 한구석을 차지하고 있는 그림을 본다. 처음에는 캔버스 안에 그려진 풍경의 세부와 그것을 감싼 액자에 더 큰 관심을 두었지만, 최근에 와서는 그 그림을 그린 한 사람을 떠올리는 일이 부쩍 잦아졌다. 색색의 물감과 붓에 둘러싸여 하나의 작품을 완성하고자 노력하는 사람을. 그 사람은 자신의 그림이 오랜 시간 소멸하지 않고 살아남아 한국에서 시를 쓰는 사람에게 닿게 되리라 예상할 수 있었을까. 아마 예상하지 못했겠지. 내가 그날 그의 그림을 사게 될지 몰랐던 것처럼. 만나려고 한 게 아닌데 만나게 되고 사랑하려고 한 게 아닌데 사랑하게 된다면, 그것이 삶이라면 나는 삶을 많이 좋아하게 될 것 같다. 때때로 흙탕물을 뒤집어쓰게 되더라도, 어딘가에 부딪히고 깨져서 되돌아갈 수 없다고 해도 누군가는 지워지지 않는 얼룩이 묻은 내 이야기 앞에 멈추어 설지도 모르니까.

시인은 어딘가 좀 슬픈 사람

"시인이면…… 집에서 재택근무를 하시는 건가요?"

오랜 시간 글을 써오면서 사람들에게 내가 하는 일을 설명해야 하는 순간이 오면 난감했다. 그 순간이 더 난감했던 이유는 시인이라는 상태가 직업보다는 어떤 정체성에 가까워 보였기 때문이다. 사전에 직업은 생계를 유지하기 위해 일정 기간 계속해서 종사하는 일이라는데, 그 뜻은 내가 글을 쓰는 이유와 맞지 않아 보였다. 나는 생계를 위해서 다시 말해 돈을 벌기 위해서 시를 쓰는 걸까? 때때로 돈 앞에 내가 쓴 시를 세워두면 얼마나 모래알처럼 작게 느껴지는지. 먹지도 못하고 요긴하게 쓰지도 못하는 그 작은 모래알이 나에게는 왜 그토록 소중한지 말하기 어려웠다. 마찬가지로 출근도 퇴근도, 이직도 퇴직도 없는 이 일을 언제까지 유지할 계획인지 말하는 일 또한 녹록지 않았다.

어떤 때에는 별로 말하고 싶지 않다고 양해를 구하고 침묵했다. 어떤 때에는 적당한 사실을 골라 말하기도 했다. 그저 문학을 좋아해서 공부하고 있는 학생이라고 답하기도 했고, 상주 작가로 근무할 때는 도서관에서 일시적으로 이런저런 강의를 하는 사람이라고 소개하기도 했다. 대답하고 나면 어딘가 찜찜했고 상대방과 나 자신을 어느 정도 공평히 속이는 기분이 들었다. 물론 원치 않는 걸 말할 의무는 누구에게도 없고, 거짓말을 한 것도 아니었으므로 엄밀히 따지자면 속인 건 아니었지만 나를 설명하는 것에서 오는 피로감으로 인해 말하기 자체를 포기하는 건 조금 다른 문제로 여겨졌다. 세상에는 그 직업을 가졌다고 말하는 것만으로도 충분한 사람이 존재했기에.

그래서 나는 작년부터 누군가 무슨 일을 하느냐고 물어 오면, 시인이라고 답하기로 했다. 그 단어를 제외하고서는 나를 달리 표현할 무언가를 찾지 못한 이유도 있었고 한편으로는 시인이라고 말할 수 있을 때 한번 말해보자고 스스로 정한 이유도 있었다. 사랑하는 시를 언젠가 쓰지 않는 날이 온다면, 시인이라는 단어는 영영 써보지 못할 테니까.

저는 시인입니다, 말하고 나니 흥미로운 일이 벌어졌다. 사람들은 자신이 가진 전형적인 편견을 내 앞에서 드러내기 시작했다. 그중 가장 평범하고 인상적인 질문은 이것이었다.

"시인은 좀…… 슬픈 사람이 아닌가요?"

나는 호탕하게 웃으며 말했다.

"제가 슬퍼 보이지 않으세요?"

"네. 되게 밝아 보여요."

나는 다시 대답했다.

"저 지금 슬픈데요?"

상대방은 당황했다. 농담이었다고 말해줄까 하다가도 정정하고 싶은 마음이 들지 않았다. 왜냐하면, 그건 거짓말이 아니었으니까. 시인은 슬픈 사람이고 자신은 시인이 아니므로 그것과 거리가 멀다고 여기는 사람에게 나는 알려주고 싶었다. 슬픔은 겉으로 드러나는 것과는 무관하게 한 사람 안에 자리 잡고 있을 수 있으며 그건 머리를 감거나 손톱을 자르는 일처럼 지극히 자연스러운 일이라고. 만약 그가 슬프다면 시인이기 때문에 그런 것이 아니라 사람이기 때문에 그러한 것이라고. 당신이 슬픈 이유가 간호사나 변호사이기 때문은 아니듯이. 직업에서 비롯된 고충은 있겠지만 그것이 당신 슬픔의 전부는 아니니까. 더 나아가서 그 사람에게 전해주고 싶기도 했다. 당신이 지금 슬픔을 느끼고 있고 어떠한 이유로 그걸 나에게 말하더라도 나는 별로 놀라지 않을 거라고. 그런 일이 왜 슬픈 거냐고 되묻지 않을 거라고.

지나고 보니 오히려 한 사람에게 시인은 슬픈 사람이라는 선입견을 더 강하게 심어준 건 아닐까 싶다. 그가 나의 씩씩한 동료들을 보면 생각이 달라질 텐데. 슬픔을 모자처럼 눌러쓰고 세상을 누비며 자신만의 유머로 작품을 써내는 것을 보면 그것이 지닌 결이 이토록 섬세하면서도 대담할 수 있다는 사실에 감탄하게 될 텐데. 때로는 한 사람이 들려주는 이야기에 고개를 끄덕이며 자신의 경험을 종이 위에 겹쳐두기도 하고, 때로는 슬픔 앞에서 짓는 엉뚱한 표정에 같이 웃기도 하면서 말이다.

적어도 나라는 사람에게 동료들의 작품은 그랬다. 지친 일상을 끝내고 집으로 돌아와 마침내 혼자가 되었을 때 마음을 달래기 위해 마셨던 따뜻한 꿀물처럼 한 스푼, 두 스푼 맛보며 자꾸 꺼내 보게 되는 것. 그렇게 깜빡 잠이 들고 아침이 오면 피곤한 몸을 일으켜 또 다른 하루를 버텨낼 작은 힘을 얻을 수 있었다. 슬픔이 다가오는 건 어쩔 수 없지만, 슬픔과 걸어갈 방향은 얼마든지 만들어낼 수 있으니까. 그런 날이면 슬픔이 한

겹 덧씌워진 눈으로 세상에 나서는 것도 나쁘지 않았다. 오늘은 하루 동안 어떤 표정을 정성껏 빚어 슬픔을 놀라게 해줄지, 어떤 재밌는 장면을 발견하여 이야기의 씨앗으로 삼을지 마음껏 그려볼 수 있었으니까.

겨울을 건너가는 방법

　책상을 어른거리던 빛이 사라진다. 저녁이라고 하기에는 이른 시간인데 벌써 어둠이 가까이에 온 걸 보니 정말 겨울이구나 싶다. 아스팔트에 내리는 소낙비가 반갑고 낮이 끝없이 이어질 것 같은 여름도 좋지만 모든 자연물이 다가올 계절에 대비하며 한 템포 쉬어 가는 겨울도 나는 무척 좋아한다. 발밑에서 산뜻하게 부서지는 낙엽 소리나 밟으면 투명해지는 눈도 그 이유이지만 한 해의 끝과 시작에 닿아 있어 나 자신을 곰곰이 되돌아보게끔 해준다는 게 가장 마음에 든다. 좋거나 나쁘다는 어느 한쪽으로 치우친 판단을 떠나서 나에게 일어났던 일을 받아들이고 숨을 고른 뒤 가지치기하는 순간들. 당장은 작별하지 못하더라도 떠나보내야 할 기억을 추리기도 하고 오래 남기고 싶은 장면은 한 번 더 살펴보기도 하면서 내 몸에서 자란 기억을 차분하게 정돈한다.

말은 이렇게 했지만, 그 과정이 나에게도 쉽지만은 않다. 하나의 기억은 그리 단순하지 않으니까. 그 안에는 명확히 설명되지 않은 감정이 있고 무한한 이야기가 살아 숨 쉬고 있다. 아직 더 듣고, 이어가야 할 이야기가 남아 있는데 섣부른 판단으로 그 가능성을 전부 닫고 잘라버리는 건 아닌지. 그래서 나중에 후회하지는 않을지 나도 모르게 망설이게 된다. 만약 기억을 거대한 나무라 본다면 내 나무는 숙련되지 않은 초보 정원사가 열심히 가꾸었으나 어딘가 균형이 맞지 않고 제멋대로 뻗어 나간, 어설픈 모양일 것이다.

이런 생각에 잠겨 있다 보면 아무리 좋은 구석이 많은 겨울일지라도 감기에 든 것처럼 몸과 마음이 추울 때가 있다. 장갑을 껴도 어쩐지 손끝이 시리고, 머릿속이 소란스러워 잠 못 이루는 날이 길어지면 나는 본격적으로 겨울을 건너갈 채비를 한다. 맨 먼저 하는 일은 겨우내 먹을 모과청을 담는 것. 모과 몇 알을 사기 위해 시장에 가는 거긴 하지만 꽁꽁 얼어붙은 생선이나 붉은 바구니에 먹음직스럽게 진열된 귤, 대야에 담긴 곡식을 구경하며 실컷 거닐다 보면 몸에 활기가 돈다.

모과를 사서 집으로 돌아갈 때는 덤으로 조금은 뿌듯한 마음도 든다. 다른 누구도 아닌 나 자신을 돌보기 위해 작은 수고로움을 마다하지 않았다는 점에서 말이다. 먹고사는 데 꼭 해야 하는 일을 하느라 정작 나를 돌보는 일은 나중으로 미루거나 그마저도 포기하는 경우가 많은데, 이럴 때일수록 나의 마음과 건강이 우선되는 하루를 보내려고 노력한다.

검은 봉지에서 모과를 꺼냈더니 배즙과 비슷한 향이 부엌에 은은하게 퍼진다. 큰 그릇을 꺼내 모과 다섯 알을 담아놓고 미지근한 물에 깨끗이 씻어준다. 식초나 소금, 베이킹소다를 이용해 모과에 묻은 점액을 닦는다. 준비가 다 끝났다면 이제는 씨앗을 제거하고 채를 썰 차례. 숭덩숭덩 적당한 크기로 모과를 등분해 씨앗을 덜어내고 채 썰 듯 여러 번 칼질하면 사실상 모든 과정을 해낸 셈이다. 채칼을 사용하면 품이 덜 들긴 하지만 나는 느리더라도 천천히 칼로 써는 방식을 택한다. 분주히 몸을 움직이다 보면 잡념이 사라질 뿐만 아니라 손목의 움직임에 따라 리드미컬해지는 도마 소리를 듣다 보면 둔해졌던 감각이 되살아나는 게 느껴지기 때문이다.

채를 다 썬 다음에는 설탕과 꿀을 반반 비율로 아낌없이 붓고, 꿀에 설탕이 완전히 녹을 때까지 저어주면 완성! 취향에 따라 대추나 생강을 더해도 되지만 나는 모과 본연의 맛을 즐기는 걸 선호해 다른 재료를 추가하진 않았다.

행주로 도마를 깔끔하게 닦아준 다음, 찬장에서 유리병을 조심히 꺼낸다. 언젠가 쓸 곳이 생기진 않을까 싶어 모아온 유리병들. 나의 비밀 찬장에는 유리병 외에도 꽃다발을 감쌌던 크림색 포장지나 종이 완충재, 꽃이 그려진 쇼핑백 같은 것들이 가지런히 쌓여 있다. 정리해서 버리면 그만이라고 생각할 수 있지만 선물을 건네준 이들을 떠올리면 작은 것일지라도 아까운 마음이 든다. 다소 미련해 보일지 모르겠지만 말이다. 이러한 습관은 예상외로 실생활에 보탬이 될 때도 많다. 오늘처럼 모과청을 옮겨 담을 공병이 필요할 때나 급하게 선물을 사고 따로 포장하지 못했을 때 나의 습관은 진가를 발휘한다.

소독을 끝낸 유리병에 모과청을 나누어 담았다. 티스푼에 살짝 찍어 먹어보니 단맛이 향긋하게 올라왔다. 큰 병에 담긴 모과청은 겨울이 끝날 때쯤 동이 날 것이고 작은 유리병에 담긴 모과청은 친구에게 전해줄 것이다. 노랑 빛깔이 아름답게 감도는 이 작은 유리병 속 모과가 친구의 긴 밤을 조금은 밝혀주길 바라는 마음으로.

다음 주가 되면 모과는 꿀과 어우러져서 한층 더 깊은 맛을 내겠지. 작년과는 또 다르게. 계절이 한 알 한 알 살뜰하게 가꾸었을 열매를 떠올리며 나라는 과실도 잘 보살펴볼 생각이다. 어느 날 문득 새잎을 틔울 수 있도록.

윤주에 대하여

처음 윤주를 만났을 때 우리는 별다른 접점 없이 헤어졌다. 두 번째 만났을 때도 마찬가지였다. 뒤풀이 장소에서 말없이 밥을 먹은 후 인사 나누고 헤어진 것이 전부였다. 마땅히 겹치는 경로도 취미도, 그렇다고 선뜻 누군가에게 다가가는 성격도 아닌 윤주와 내가 조금씩 가까워지게 된 것은 우연한 사건 때문이었다.

몇 달 전 서울이 아닌 곳에서 윤주와 만날 기회가 있었다. 우리는 아름다운 그림이 큼직하게 걸린 카페의 테이블에 마주 앉아 처음으로 속얘기를 털어놓았다. 뻣뻣한 냅킨에 서로에게 궁금한 점을 하나씩 적고 펼쳐보면서 어린 시절 가장 행복했던 순간이나 반대로 가장 힘들었던 일, 요즘 자주 하는 고민이나 자신을 적절히 설명한다고 판단되는 몇 개의 단어를 공유했다. 나는 윤주에게 물었다.

"너는 어떤 사람이야?"
윤주는 대답했다.
"나는 타인에게 중력을 내어주는 사람이야."

그 말을 들었을 때 윤주를 잘 알지도 못하면서 나는 그 말이 틀렸다고 생각했다. 아니, 더 정확하게는 그것이 틀리게 되었으면 좋겠다고 생각했다. 윤주와 나의 관계가 앞으로 어떻게 흘러갈지는 알 수 없지만 적어도 나와의 관계에서만큼은 윤주가 중력을 내어주지 않았으면 했다. 자신이 좋아하는 일보다는 타인이 좋아하는 일을 함께해주었던 윤주가 자신을 주장하고 드러내며 자유로워지길 바랐다.

다른 무엇보다 나는 윤주가 궁금했다. 살아가는 데 큰 욕심이 없다고 말하는 윤주가 그럼에도 소중히 여기는 것이 있는지, 한번쯤 가벼운 마음으로 가보고 싶은 장소는 있는지 알고 싶었다. 만약 윤주가 나에게 중력을 내어주고 전적으로 맞춰준다면 그 질문에 대한 답은 영영 알지 못할 터였다.

시간이 꽤 많이 흐른 지금은 안다. 윤주가 타인에게 중력을 내어줄 수 있다고 말한 건 그것을 잠시 건네주어도 흔들리지 않을 만큼 단단한 사람이기에 가능했다는 것을. 또 그만큼 타인을 깊이 사랑하고 아낀다는 것을. 그때의 난 미처 알아차리지 못했다. 다만 카페에서 나와 인적이 드문 골목길을 함께 걸으며 어깨를 나란히 하고 웃음을 터뜨리는 이 맑은 순간이 오래 지속되기를 바랐다.

그렇게 여름에는 잘 익은 수박을 갈라서 먹고, 가을에는 늦은 밤 극장에서 만나 영화 한 편을 보고 헤어지는 식으로 우리는 몇 개의 계절을 통과했다. 그리고 그 끝에 나는 윤주에 대해 아주 자그마한 사실을 알 수 있었다. 그것은 다름 아닌 윤주는 한 사람 곁에 오랜 시간 머무를 수 있는 용기를 지닌 사람이라는 것. 한 번 더 타인에게 손을 내밀어주는 사람이라는 것. 나는 이것이 얼마나 커다란 용기인 줄 안다. 무언가를 먼저 내어주는 건 어리석은 일이라고 손쉽게 말하는 세상에서 누름돌처럼 흔들리지 않고, 한 사람이 가진 불완전함을 이해해보고자 노력하는 게 얼마나 힘든지 잘 알기 때문이다. 시간이 지날수록 많은 것이 불확실해지지만 여전히 내가 믿고 있는 하나의 진실이 있다. 한 사람의 불완전함을 사랑할 줄 아는 사람만이 세상의 불완전함도 사랑해줄 수 있다는 것. 세상을 사랑한다고 말하지만, 곁에 있는 사람에게는 매몰찬 사람들을 수없이 봐왔으니까.

며칠 전에는 윤주와 이런 대화를 나눈 적이 있다. 아무리 생각해봐도 명쾌해지지 않는 미래에 대해 생각하다가 어느 누군가는 해답을 줬으면 하는 심정으로 농담 반 진담 반으로 물었다.

"너는 내가 어떻게 살았으면 좋겠어?"
내가 묻자 윤주는 이렇게 답했다.
"어떻게 살고 싶은데?"

어쩌면 너무나 당연한 되물음이었겠지만 내게는 당연하지 않았다. 물론 지금까지 내가 무엇을 향해 왔는지 누구보다도 잘 알고 있는 윤주이긴 했으나 그걸 차치하고서라도 내가 살고 싶은 미래가 있다면 얼마든지 응원해줄 거라는 믿음이 목소리에서 느껴졌기 때문이다. 어떻게 살았으면 좋겠어가 아니라 어떻게 살고 싶냐는 되물음. 간직하지 않으면 계속해서 미끄러질 수밖에 없는 그 질문을 윤주는 나에게 다시 돌려줬다.

"주말에 만나면 뭐 먹을까? 김치찜 어때?"

내가 물으면 윤주는 답한다.

"김치찜은 싫은데."

"그럼 파스타는?"

되물으면 윤주는 다시 답한다.

"그건 너무 느끼할 것 같은데."

"그럼 약속 전까지 잘 생각해봐. 뭐가 먹고 싶은지."

내가 말하면 윤주는 생각해본다고 말한다. 나는 이번 주말에 윤주가 어떤 음식을 먹자고 할지 궁금하다. 맑고 시원한 콩나물국밥을 먹고 싶어 할까. 아니면 고수가 송송 들어간 쌀국수를 먹고 싶어 할까. 어떤 음식일지는 모르겠지만 나는 우리가 그것을 나눠 먹으리라는 것을 안다.

일상의 권리

어느덧 노령견에 접어든 밤이의 일상에는 병원을 떼어놓을 수 없다. 작년 겨울에는 한 차례 큰 수술을 받았고 최근에는 발가락 사이에 염증이 생기는 지간염을 앓게 되어 꼬박꼬박 병원에 가고 있다. 매일 붕대를 새로 갈아주고 환부를 소독하고 약을 먹이는 일은 물론 밤이를 위한 일이기는 하지만, 하다 보면 마음이 무겁게 내려앉곤 한다. 내가 무언가를 놓치고 있는 탓에 회복이 더딘 것은 아닌지, 정말 이 이상으로 해줄 수 있는 것이 없는지……. 복도 대기실 의자에 앉아 치료가 끝나길 기다리는 시간은 이렇듯 후회와 자책으로 이어지는 경우가 많다.

어쩌면 당연한 일이지만 밤이가 아프고부터 변함없던 아침 일상이 달라지기 시작했다. 평소라면 느지막이 일어나 천변 산책로를 거닐다가 밤이가 좋아하는 단골 카페에 들러 책을 읽으며 한가로이 오전 시간을 보냈겠지만, 이제는 따뜻한 물에 곱게 갠 가루약을 먹이고 곧장 병원으로 향한다. 치료가 끝나면 발에 무리가 가지 않게 배변만 마치고 집으로 돌아온다.

지근거리에 늘 가던 산책로와 카페를 두고서 발길을 트는 일은 나에게도 속상한 일이지만, 더 속상하고 답답한 건 밤이가 아닐까. 갑자기 영문도 모르는 채로 관목에 숨은 참새를 발견해내고 좋아하는 사장님과 손님들에게 애정 어린 손길을 받는 일상이 사라져버렸으니까. 하천을 등지고 집으로 향할 때마다 밤이는 몇 번이고 멈춰 서서 동그란 눈으로 나를 올려다본다. '진짜야? 왜 오늘도 하천에 가지 않는 거야?'라고 묻는 눈빛으로. 그러면 나는 고개를 기울여 눈을 맞추고 마음으로 말한다. '밤이야, 나도 정말 하천에 가고 싶어. 그런데 너를 많이 걷게 했다가 더 아프게 될까봐 걱정돼.' 귓가를 잠잠히 쓰다듬으면 밤이는 어쩔 수 없다는 듯 나를 따라 나선다. 이런 내 마음이 닿은 건지 아닌지 알 수는 없지만 우리는 산책로를 등지고 나란히 되돌아간다.

그렇게 반복되던 일상에 조금씩 틈이 생긴 건 언젠가부터 밤이가 병원 쪽으로 한 걸음도 걷지 않는 일이 잦아진 후였다. 밤이는 카페와 병원이 갈라지는 신호등 앞에서 꼼짝없이 서 있었다. 살짝 리드줄을 당겨보았지만, 소용이 없었다. 끝까지 버티는 밤이를 품에 안고 병원으로 향할 수도 있었으나 그러고 싶지 않았다. 병원과 카페를 두고 고민하던 나는 오늘만큼은 밤이의 발걸음이 닿는 곳으로 먼저 가보고 싶었다. 평소와 다르게 완강하지 않은 내 모습을 본 밤이는 재빨리 걸음을 옮겨 망설임 없이 단골 카페로 들어갔다.

나를 통해 종종 소식을 전해 듣곤 했던 사장님은 오랜만에 가게를 찾은 밤이를 무척 반겨주셨다. 덕분에 기분이 좋아진 밤이는 쓰다듬기 알맞게 사장님의 손을 파고들거나 배를 보여주는 식으로 되찾은 일상을 한껏 즐겼다. 소란한 반가움이 한차례 지나간 뒤 밤이와 함께 차분하게 바깥을 구경하는 시간은 고여 있던 생각을 흔들기에도 충분했다. 지난 몇 주간 밤이의 몸을 제대로 돌봐야 한다는 강박 때문에 정작 우리가 꾸려온 일상은 돌보지 못했다는 깨달음이 들었다. 굳이 많이 걷지 않더라도 벤치에 앉아 지나가는 풍경을 잠시 바라보기만 했어도 좋았을 텐데. 조금은 여유롭게 우회하여 골목의 냄새를 맡고 잔디를 살짝 밟아보기도 하는 그 사소해 보이는 둥근 일상들이 뾰족한 하루를 감당할 수 있도록 부드럽게 만들어주었을 텐데. 아픔을 줄이는 데만 골몰한 나머지 밤이가 응당 누렸어야 할 일상의 권리와 기쁨은 까마득하게 잊고 있었다는 생각이 들었다. 그건 내일로 미룰 수 있는 일이 아니었는데. 더 나아가 병원을 오고 가는 일 외에는 모든 일상을 지나치게 미뤄둔 내 모습도 발견할 수 있었다. 밤이가 카페에 나를 데려다주어 모처럼 휴식하지 않았더라면 뒤늦게 알았을 사실들이었다.

새삼스레 접시에 담긴 레몬 피낭시에와 민트 티, 사장님의 손길이 구석구석 닿은 이 공간이 정겹게 느껴졌다. 여름내 테라스에 깔아두었던 붉은 돌과 계절이 바뀔 때마다 키를 늘려가는 티트리 묘목까지도. 무엇보다 햇볕이 잘 드는 쪽으로 몸을 기울인 밤이의 모습이 평온해 보였다. 북적했던 카페에 손님이 몇 차례 빠져나가고 잠시 여유가 난 사장님이 곁으로 와 앉았다. 근황을 비롯해 이런저런 이야기를 한창 나눌 때쯤 밤이가 내게 다가와 코끝으로 손등을 가볍게 건드렸다. 다시 바깥으로 나갈 때가 되었다는 밤이와 나만 공유하는 무언의 신호였다. 작별 인사를 나누고 외투를 챙겨 자리에서 일어나자 밤이는 어느덧 유리문 쪽으로 걸음을 옮겼다. 나의 친구이자 선생인 밤이 덕분에 다시금 일상이 가져다주는 기쁨을 충실히 느낀다.

　카페에서 빠져나와 치료를 마치고 집으로 돌아가는 길. 정말 오랜만에 산책로 초입 벤치에 앉아 하천을 내려다보았다. 물속의 무언가를 쫓는 듯 부지런히 잠수하는 청둥오리와 네발자전거를 타고 앞서거나 뒤서면서 경주하는 아이들. 징검다리에 앉아 검고 흰 깃털을 말리는 새들. 비록 오래 머물지는 못했지만 밤이와 나는 그날에만 볼 수 있는 풍경을 눈에 담고 돌아왔다. 작은 우회들이 빚어낸 산책에 발걸음을 맡기며.

사랑하는 강아지 밤이

꽃 한 송이

    가끔 처음으로 내게 꽃을 준 사람을 떠올린다. 그 사람을 기억하는 이유는 그가 가족도 애인도 아닌 그저 한 번 스쳤던, 일면식 없는 외국인이었기 때문이다. 중학교 입학을 앞둔 겨울, 오빠와 나는 부모님 없이 비행기에 몸을 실었다. 고등학교에 들어가기 전 해외여행을 가보고 싶다는 오빠의 간절한 바람에 엄마 아빠가 여행을 보내주기로 한 것이었다. 그때나 지금이나 부모님은 일에 쫓기느라 바빠서 열흘 가까운 시간을 내 유럽에 갈 엄두를 내지 못했다. 그래서 생각해낸 방법이 여행사의 패키지여행에 우리를 보내는 것이었는데, 원칙적으로는 안 되는 일이었지만 우여곡절 끝에 우리 남매는 출발을 앞둔 한 여행 상품에 겨우 합류할 수 있었다.

첫 일정은 프랑스였다. 프랑스에서의 기억은 거의 다 휘발되었지만, 그래도 몇 가지는 여전히 남아 있다. 무슨 맛으로 먹는지 알 수 없던 달팽이 요리와 루브르박물관에서 「모나리자」를 보기 위해 긴 줄을 섰다가 생각보다 작고 평범한 실물을 보고 실망했던 일. 가이드가 데리고 갔던 명품 화장품 편집숍에서 무엇을 해야 할지 몰라 어리둥절했던 일도 떠오른다. 이외에도 소매치기당하지 않기 위해 가방을 앞으로 멜 것을 당부했던 가이드의 말. 초상화를 그려줄 테니 돈을 달라고 끈질기게 요구하던 몽마르트르 언덕의 사람들. 복학을 앞두고 혹은 회사에 휴가를 내고 놀러 왔던 어른들에게 파리의 풍경이 어떻게 보였을지 모르겠지만 어린 나의 눈에는 신기하고 아름답게만 느껴지지 않았다. 부모님이 건네준 돈을 잃어버리면 안 된다는 생각에 주변을 끊임없이 경계해야 했고 나보다 훨씬 큰 성인들이 밀집한 공간에서는 오빠를 놓치지 않기 위해 잔뜩 긴장해야 했기 때문이다.

또 여행이 이어질수록 어쩐지 소외감도 들었다. 하루하루 지날수록 동행했던 다른 이들은 오빠와 나만 알지 못하는 비밀을 공유하는 것 같았다. 사는 곳은 어디인지부터 어떤 일을 하는지, 취미와 취향은 무엇인지까지. 어떤 이야기가 나오든 이미 알고 있다는 듯 대화는 유려하게 흘러갔다. 그런 저녁 식사가 끝나고 나면 사람들은 종종 숙소에 모이거나 어딘가로 놀러 나가곤 했는데 오빠와 나는 늘 숙소에 남겨졌다.

유난히 추웠던 하룻밤이 떠오른다. 여느 때와 같이 열쇠를 받고 숙소로 올라갔는데 침대에 이불이 놓여 있지 않았다. 당황하긴 했지만, 오빠와 나는 어른들을 귀찮게 하고 싶지 않았고 결국 이불 없이 자기로 했다. 오빠는 찬장에 올려져 있던 하나뿐인 담요를 찾아서 내게 건넸다. 나는 외투에 담요 한 장을 덮고 오빠는 외투를 껴입고 적막 속에서 잠을 청했다. 낡은 라디에이터로는 조금도 데워지지 않던 그날의 숙소와 처음으로 도착한 낯선 나라가 보여준 풍경은 화려하기보다는 쓸쓸했다. 나중에 성인이 되고 나서 여러 숙소를 떠돌다 알게 된 것이지만 그때 숙소에는 이불이 없던 게 아니었다. 단지 우리가 그게 이불인지 몰랐을 뿐. 당시 침대에는 얇은 모직 천이 꼼꼼하게 덧씌워져 있었는데, 호텔 침구에 익숙하지 않은 오빠와 나는 그것을 거두어내면 이불이 나타난다는 사실을 알지 못했던 것이다. 바로 우리의 등 뒤에 덮고 잘 이불이 있다는 것도 모른 채 오빠와 나는 추위에 자다 깨기를 반복하며 아침을 맞았다.

그날 이른 오후, 우리는 다음 여행지인 이탈리아에 도착했다. 성 베드로 대성당을 지나 콜로세움, 비토리오 에마누엘레 2세 기념관 등 관광지를 구경하다가 자유여행 시간이 주어졌다. 다른 일행은 추가로 돈을 지불하고 투어를 떠났으나 충분한 돈이 없던 오빠와 나는 남을 수밖에 없었다. 어떤 식으로 시간을 보내야 하나 고민하고 있을 때 가이드분이 함께 로마 시내를 걸어보면 어떠냐고 제안했다. 짐이 된 것 같았지만, 마땅히 할 수 있는 게 없는 우리로서는 그의 배려가 무척 고마웠다.

그렇게 시작된 도보 여행은 생각보다 재미있었다. 트레비 분수에 동전을 던지고 소원을 빌기도 하고 광장 계단에 앉아 이야기를 나누며 샌드위치를 먹는 사람을 구경하기도 했다. 비록 안으로 들어가지는 못했지만, 기념품을 파는 잡화점과 시내의 샛길을 걸으며 로마와 점점 가까워지는 듯한 기분이 들었다. 그리고 얼마쯤 시내를 걷다가 배가 고파졌을 때 우리는 한 레스토랑에 들어갔다. 가이드는 여행 일정 정리를 위해 잠시 자리를 비웠고 오빠와 나는 음식을 주문한 뒤 식사가 나오길 기다리고 있었다. 그런데 갑자기 맞은편 테이블에 앉아 있던 한 젊은 여성이 걸어오더니 장미꽃 한 송이를 건네주고 밖으로 나갔다. 우리는 그 장미꽃 한 송이틀 어떻게 받아들여야 할지 몰라서 난감해했다. 원래 이 테이블에 있던 꽃이 아닐까? 아니면 우리가 불쌍해 보였나? 그것도 아니라면 들고 다니기 거추장스러웠던 건 아닐까? 하나씩 가정해보다가 그만두었다. 알 수 없는 일이었기 때문이다.

비로소 그 꽃의 의미를 깨달은 건 먼 시간이 지나 화병에 꽂아둘 아네모네 몇 송이를 사고 나서던 길에서였다. 바람에 꽃잎이 다치지 않도록 신문지로 감싸 품에 안아 들다가 포장 없이 단출히 건네받았던 장미꽃 한 송이가 떠올랐다. 그와 동시에 그 한 송이의 꽃은 어떤 큰 의미가 있었다기보다는 그저 한 사람이 이국의 여행자에게 건네준 상냥함이었다는 생각이 들었다. 지친 기색으로 앉아 있으면서도 검은 눈동자로 사람들을 살피며 경계를 놓지 않던 아이에게 한 사람이 건네준 작은 따뜻함.

그때 난 장미꽃을 그대로 레스토랑에 두고 나왔던가? 아니면 손에 쥐고 로마의 거리를 걷다가 숙소까지 가져갔던가? 아무리 기억을 톺아봐도 그 꽃을 어디에서 놓쳤는지는 떠오르지 않는다. 다만, 무엇인지도 모르는 채로 아주 짧은 시간 동안 손에 쥐고 있었던 한 사람의 구체적인 상냥함만큼은 여전히 잊지 않고 있다.

아무도 없던 거리였는데, 조금 더 걸으니 골목을 꺾어 맞은편에서 사람이 걸어온다. 미세하게 내가 움직일 때마다 신문지에 부딪히며 가볍게 떠는 아네모네. 품에는 꽃 몇 송이가 있는데 나는 한 번도 낯선 이방인에게 꽃을 건넨 적이 없다. 아직까지는.

딸과 엄마

서른 살이 되었을 때 엄마에게 반성문을 요구받았다. 당황스러운 마음이 들기도 전에 먼저 수치심이 들었다. 내 나이가 서른인데 반성문이라니! 이럴 때는 어떻게 해야 하는지 주변 사람에게 조언을 구하고 싶었지만, 선뜻 물어볼 수 없었다. 적당히 거리가 있는 사람과도 갈등이 생기면 어떻게 풀어야 좋을지 고민스러운데 살을 맞대고 살았던 엄마와의 갈등은 더 어렵게만 느껴졌다. 다른 무엇보다도 엄마와 나의 갈등은 서로의 가치관으로는 타협하기 어려운 지점에서 발생했기 때문이었다. 발단은 이랬다.

어느 날 밤 갑작스레 엄마가 내가 사는 집에 찾아온 일이 있었다. 당시 엄마는 오빠와 함께 살고 있었는데 두 사람 모두 집을 비운 사이 도어락 배터리가 다 돼서 문을 열고 들어갈 수 없는 상황이 벌어졌다. 오빠는 연락이 되지 않았고 한밤에 열쇠공을 부르기 난감했던 엄마는 택시를 타고 내가 사는 집으로 향했다. 문제는 그때가 새벽 두 시에 가까운 시간이었다는 점과 택시가 우리 동네로 진입해서 내리기 직전이 돼서야 엄마가 나에게 통보에 가까운 연락을 취했다는 것이었다.

다음 날 엄마와 점심을 먹다가 내가 조심스럽게 말을 꺼냈다. 어제처럼 예기치 못한 일이 생기거나 문제가 있을 때는 얼마든지 우리 집에 와도 좋지만, 앞으로는 미리 연락을 해주면 좋겠다고. 나는 평상시에도 종종 예고 없이 찾아오곤 하는 엄마의 행동에 대한 불편한 감정을 오랜 시간 참아오다가 말한 것이었지만 여태까지 이런 내 마음을 한 번도 들어본 적 없는 엄마는 나를 이해하지 못했다. 엄마는 무척 서운해하며 말했다. 자신은 원한다면 언제든 이곳을 찾아올 수 있으며 앞으로도 그렇게 할 것이라고. 자신에게는 그럴 권리가 있다고.

나는 엄마가 서운해하는 건 받아들일 수 있지만, 권리라는 단어 앞에서는 생각이 달랐다. 엄마가 말하는 권리는 공동의 삶이 좀 더 나은 쪽으로 향하도록 개별적인 삶에 귀를 기울이고 토론함으로써 만들어진 것이라기보다는 한 사람이 제 생각과는 다른 한 사람을 침해할 마땅한 권리가 있다는 뜻으로 느껴졌다. 가장 마음에 걸린 건 그 단어에 어쩔 수 없이 묻어 있는 위계적인 소유의 냄새였다. 엄마이기에 동의를 구하지 않고 마음대로 해도 된다는 것. 딸이기에 어느 정도는 무조건 참고 감수해야 한다는 것. 엄마와 딸이기 전에 사람 대 사람으로서 그러한 관계를 계속 맺어야 한다는 건 어딘가 뼛속까지 곪아버리는 듯한 느낌이었다. 무엇보다도 딸이기 전에 한 사람으로서 나의 개인적인 삶과 공간을 존중받고 싶었다. 이러한 생각까지 이르자 여기서 흐지부지 물러서면 안 된다는 판단이 들었고 나는 차갑고 단호하게 말했다.

"엄마가 내 말을 무시하고 허락 없이 온다면, 나는 현관문 비밀번호를 바꿀 수밖에 없어."

냉담한 나의 말에 화가 난 엄마가 말했다.

"나를 못 오게 한다고?"

"응. 엄마가 이런 식이면 앞으로 여기 못 와."

그날의 싸움은 지지부진했고 어느 한쪽이 어느 한쪽을 설득하지도 이해하지도 못한 채로 어떠한 해결점도 찾지 못하고 끝이 났다. 하지만 갈등은 이제 시작이었다. 집으로 돌아간 엄마가 며칠 뒤에 반성문을 써달라고 요구했기 때문이다. 엄마는 나의 말에 상처받았고 그것에 대해 진심 어린 사과를 받고 싶다고 했다. 나는 그렇다면 사과할 용의가 있지만 반성문은 써줄 수 없다고 말했다. 엄마와 나 사이에 벌어진 일은 어느 한쪽이 일방적으로 용서를 빌어야 하는 일이 아니라 대화를 통해 서로를 이해하려 노력해야 하는 일이라고 말이다.

끝나지 않을 것 같던 상황이 달라진 것은 결국 내가 반성문을 쓰겠다고 말한 뒤였다. 나는 끈질기게 반성문을 요구하는 엄마의 말을 듣다가 궁금해졌다. 엄마가 이렇게까지 나에게 반성문을 받고자 하는 마음을 알고 싶었다. 엄마는 나를 포함해 그동안 가족과 타인에게 제대로 사과받지 못한 일을 하나씩 털어놓기 시작했다. 엄마와 같이 사는 동안 다 알았고 들었다고 생각했지만 다 알지 못했고 듣지 못했던 엄마의 긴 이야기였다. 나는 통화가 끝날 때쯤 말했다. 나의 사과가 엄마가 살아가는 동안 어떤 이에게 받아야만 했던 사과를 대신하지는 못하겠지만, 내가 준 상처에 대해서는 진심으로 사과하겠노라고. 엄마는 침묵했다.

다음 날 나는 백지를 펼쳐두고 어떤 말로 미안함을 전하면 좋을지 고민했다. 이 글을 쓰고 있는 나에게 솔직하면서도 엄마에게 가닿을 수 있는 문장이 있다면 어떤 것일지. 한 문장을 쓰고 지우기를 반복했다. 어떤 문장도 충분해 보이지 않았다. 하루하루 고심하는 시간이 길어질 때쯤 다시 전화가 걸려 왔다. 마지막 전화를 끝으로 오래 생각해보았는데, 엄마는 그저 누군가에게 진심으로 사과받고 싶었고 그걸 글이라는 형태로 보고 싶었던 것 같다고. 반성문은 쓰지 않아도 되고 힘들게 해서 미안하다고.

그 일이 있고 한 해가 바뀐 지금, 여러 사정으로 엄마와 나는 한집에 살고 있다. 여전히 사소한 것에 부딪히기는 하지만, 우리는 서로의 선을 지켜주려 노력하고 있다. 엄마는 내가 알아야 할 일이 있다면 미리 공유하고 양해를 구한다. 나 역시 엄마의 행동이 당장은 이해가 되지 않더라도 내가 모르는 엄마의 삶 한 부분이 있다는 걸 염두하고 한 번 더 대화해보려고 한다.

이야기를 한두 번 나눈 것도 아닌데 엄마와 나의 다름을 조율해갈 때는 서투를 수밖에 없는 것 같다. 엄마는 화장실에서 양치질하는 나를 이해하지 못하고(대체 왜! 엄마는 화장실을 가장 세균이 많은 곳으로 생각하는 것 같다) 나는 부엌에서 양치질을 고수하는 엄마를 이해하지 못하지만, 우리는 각자의 중심에 상대방을 끌어들이기보다는 다름을 인정하는 쪽으로 나아가고 있다. 한곳에 같이 있지 않고 늘 따로 부엌과 화장실에 놓인 칫솔처럼. 위태롭지만 재밌기도 한 엄마와의 동거가 어떻게 흘러갈지 궁금하다. 다르다는 사실 때문에 많이 싸웠지만, 그 다름으로 인해 웃고 기뻐하는 날이 곱절은 많길 바라본다.

부엌과 화장실에 놓인 엄마와 나의 칫솔

계수나무

　봄이 왔나 보다. 바람에선 온화한 온기가 느껴지고 작년 여름부터 돌봐온 금전수에 새순이 돋았다. 조금 더디게 자라는가 싶더니 한 뼘씩 두 뼘씩 성큼 자라나 얼마 전에는 큼지막하게 봉오리를 맺었다. 두루마리처럼 말린 그 봉오리는 곧 손바닥을 열 듯 잎사귀를 펼쳐 보일 것이다. 아주 연한 초록의 잎사귀를 말이다. 사정은 거리의 나무도 크게 다르지 않아 보인다. 매화는 벌써 꽃을 피웠고 식료품을 사러 마트에 외출할 때마다 거리의 나뭇가지에 하얀 솜털이 움튼 게 눈에 띈다. 날씨가 더 따뜻해지면 준비를 마친 가로수는 저마다 잎을 내보낼 것이고 그 잎들로 거리는 다시 한번 푸르게 물들 것이다.

요즘 내 마음이 그들에게 기울어 있기 때문일까. 계절마다 눈에 담아온 잎사귀들에 대해 말해보고 싶어졌다. 그들로부터 나의 일부나 내밀한 기억을 떠올리는 순간에 대해서도. 내 삶은 새순을 품은 금전수와 매화, 솜털이 돋은 가로수에 둘러싸여 있으니까. 사소한 연결 고리일지라도 그들과 나는 같은 공기를 마시고 길거리에서 하루 한 번은 꼭 마주친다. 그런 점에서 우리는 꽤 가깝다고 할 수 있지 않을까? 그러니 정확한 지식으로 관계를 설명하지는 못하더라도 나의 삶에서 만난 그들에 대해 조금은 말해볼 수 있지 않을까 싶다.

계수나무 잎사귀와 내가 다시 새롭게 만난 건 유년의 장소에서였다. 작년 가을, 친구들과 한 프로젝트를 진행한 적이 있었다. 우리는 서로의 유년 장소를 찾아가 거기서 만난 풍경을 기록하고 그 공간이 내는 소리를 녹음하면서 전주와 광주 곳곳을 떠돌아다녔다. 서울, 전주, 광주라는 다른 지역에서 살아온 우리가 유년의 기억으로 연대하고 더 나아가 삶의 터전이었던 지역 사회와 연결되는 경험을 할 수 있을지 실험해보기 위해서였다. 그리고 마지막 답사로 내가 어린 시절을 보냈던 과천으로 향했다.

카메라를 들고 설레는 마음으로 찾아간 그곳에서 나는 세월의 흔적을 간직한 놀이터도, 가볍게 캐치볼을 하기 좋았던 공터도 재회할 수 없었다. 내가 마주한 건 새롭게 지어진 고층 아파트였다. 그곳에서 알아볼 수 있던 건 단지 내에 군데군데 심어진 계수나무뿐이었다. 원래 있던 나무를 보존한 것인지 아니면 모두 뽑아내고 완공 후 조경을 위해 새로 심은 건지 알 수는 없었지만 어린 시절 익숙하게 보았던 그 나무가 그곳에 있다는 사실만으로 무척 반가웠다. 가을을 맞이하여 노랗게 물든 계수나무 잎사귀들. 바닥에 쪼그리고 앉아 수북이 쌓인 낙엽 더미를 살펴보다가 잎사귀 하나가 눈에 들어왔다.

　보통의 계수나무 잎은 은쟁반처럼 둥글고 넓은 형태를 지녔지만, 이목을 끈 잎사귀는 얄따란 편에 속했다. 또 잎의 줄기에만 노랗게 단풍이 들어서 특별한 문양을 띠고 있었는데 그 형태가 꼭 타오르는 불씨처럼 보이기도 했고 유물인 백제 금관처럼 보이기도 했다. 그 문양을 보면서 나는 내 안에 불씨처럼 꺼지지 않고 남아 있는 기억을 떠올렸다. 동시에 나와 친구들이 프로젝트의 중심에 유년을 두었던 것이 더 운명적인 사건으로 느껴졌다.

　어린 시절의 경험은 우리가 원하든 원하지 않든 삶이라는 커다란 줄기의 가장 안쪽을 형성한다. 그리고 어느새 중심으로까지 나아가 한 개인에게 영향을 끼친다. 그 영향력은 알아차리기 어려울 만큼 베일에 감춰져 있을 때도 있지만 선명하게 정체를 드러내는 순간도 있다. 가령 나는 타인이 최초로 적개심을 드러냈던 순간을 기억하는데 그 아이의 얼굴은 잊었지만 나를 담장 아래로 밀던 손은 아직도 선명하다. 떨어지면서 바닥과 등이 부딪힌 짧은 순간 몸으로 전해 오던 충격과 그와는 대비되게 놀랍도록 푸르렀던 하늘. 그 시간으로부터 꽤 벗어났다고 느끼지만, 누군가 나에게 적개심을 드러낼 때 나는 언제나 담장에서 떨어지던 그 순간으로 되돌아간다.

그러나 이런 기억만이 전부는 아닐 것이다. 나와 친구들이 유년의 장소로 거슬러 가보고자 했던 이유는 지금도 여전히 우리의 일부를 구성하고 있는 기억을 복원하고 다시금 관계를 맺기 위해서였으니까. 우리가 주목한 건 이런 것들이었다. 친구와 땅따먹기하기 위해 돌을 주워 투박하게 줄을 긋던 감각이나 흙을 주무르고 형상을 만드는 것만으로도 즐거워서 시간이 가는 줄도 모르고 몰두했던 것들. 사물 자체에 호기심을 가지고 그 안에서 작은 기쁨들을 발견하던 순간. 너무도 빠른 속도를 요구하는 사회 속에서 잃어버리기 쉬운 무용한 감각들을 우리는 지키고 싶었다. 지워지지 않는 그 기억에 작은 불씨를 지피고 싶었다.

어린 시절 계수나무에서 솜사탕 향기가 난다는 말을 듣고 잎을 따서 주머니에 넣고 다닌 적이 있다. 그 바지에서 정말 솜사탕 냄새가 났는지는 모르겠지만, 나는 우리의 여행에서 발견한 그 계수나무 잎사귀 한 장을 가장 아끼는 책에 끼워두고 해가 바뀐 지금까지도 간직하고 있다. 지니고 다니면 솜사탕 향기가 난다는 믿음으로 계수나무 잎사귀를 고르는 어린 내 모습을 떠올리면서.

중심부부터 물들기 시작한 계수나무 잎사귀

중림동 시절

사람에게는 머문 시간과는 상관없이 오래 간직하게 되는 장소가 있는 것 같다. 나에게는 중림동이 그렇다. 그 동네에서는 얼마 살지 않았는데도 삶에서 지우기 어려운 일과 대면했기 때문인지, 자주 생각하게 된다. 좁은 골목길 끝에 자리 잡고 있던, 때마다 들고양이가 비를 피해 찾아오곤 했던 그곳이.

지어진 지 50년은 족히 넘은 그 낡은 주택에 살게 된 건 반려견 아롱이와 밤이 때문이었다. 당시 다니던 대학원에서 그리 멀지 않은 지역에 자취방을 구하고 있었는데 아무리 발품을 팔아도 반려동물과 사는 걸 허락하는 집을 찾을 수 없었다. 부동산을 찾아가 반려견과 살 수 있는 집을 구하고 있다고 말하면, 입구에서부터 거절당하기 일쑤였다. 부동산을 들락거리며 얼마나 전전했던지, 본가에 아롱이와 밤이를 두고 나와야 하는 건가 고민이 깊어지던 중 그 주택을 발견했다.

반년도 넘게 사람이 살지 않았다던 그 이층집은 세월의 흔적을 그대로 보여주고 있었다. 주방은 리모델링을 마쳐 새것에 가까웠지만, 교체한 적 없어 보이는 장판은 흠집이 가득하고 낡아 있었다. 화장실의 샤워기도 녹슬어 있었고 군데군데 깨진 타일도 눈에 띄었다. 그런데 나는 그 집이 마음에 들었다. 특히 옷과 이불을 수납할 수 있도록 짜 넣은 나무 장이 이목을 끌었는데 일본의 목조건물에서 본 듯한, 따뜻한 느낌을 주는 그 나무 장은 내부를 비밀 공간으로 꾸며도 될 만큼 컸다. 나는 그 안에 들어가 조용히 책을 읽는 모습을 상상해보곤 했다. 이사 후 철 지난 이불을 쌓아두었던 그 나무 장은 곧 폭신한 곳을 좋아하는 밤이의 차지가 되었지만 말이다.

아담한 평수이긴 했지만 처음으로 얻게 된 내 집을 나는 무척 아꼈다. 눈길이 닿는 모든 곳이 나의 손길을 거쳤으니 어쩌면 당연한 일이었다. 장판은 내가 땀을 뻘뻘 흘리며 직접 재단하여 깔아둔 것이었고 노란 전구는 조명 가게를 돌며 신중히 구매한 것이었다. 그 집을 가꾸면서 나는 공간도 어떤 애정을 주느냐에 따라 하나의 생명체처럼 놀랍도록 생기 있게 변모할 수 있음을 체감했다.

잠이 오지 않는 중림동의 밤에는, 창문을 활짝 열고 서랍에서 흰 양초를 꺼내 불을 켜거나 사카모토 류이치의 음악을 작게 반복 재생으로 틀어두기도 했다. 그렇게 깨끗한 잠옷을 입고 침대에 누워 있다 보면 어느덧 아롱이와 밤이가 발치에 다가와 기댔다. 그럴 때면 더는 부족할 게 없다는 충만감이 내 안을 밝혔다.

그해는 좋은 일과 슬픈 일이 공평히 많았다. 지금까지도 감사한 일은 그때 만났던 사람들에게 저마다 배우고 싶은 면모가 있었다는 것이다. 내가 그 사람이 지닌 세계를 온전히 이해하든, 그렇지 못하든 간에 그 시절 만난 사람들은 저마다 어떤 대상에 대한 열렬한 마음을 품고 있었다. 그것은 문학에 대한 것이기도, 디자인을 통해 책이라는 물질을 구현하고 싶다는 열망이기도, 작곡한 곡을 모아 언젠가 사람들 앞에서 공연해보고 싶다는 소망이기도 했다. 나는 그 말에 귀를 기울이며 내가 사랑해 마지않는 시를 생각했다. 어떤 문장도 떠오르지 않는 날에는 동네를 하염없이 달리며 몸을 유연하게 만들기도 하면서. 마침내 여름 한복판에 완성한 원고를 출판사에 보낼 수 있었다.

그리고 그 기쁨을 거둬 갔던 순간들이 있었다. 한때

마음을 다해 사랑했던 사람에게 서로를 떠나 자유로워지자고 말해야 했고, 산책로에서 벌어진 사고로 아롱이도 곁을 떠났다. 잃고 싶지 않아서 품에서 함부로 꺼내본 적 없는 귀중한 것들을 단숨에 도둑맞은 기분. 밀려드는 헛헛함과 상실감에 짓눌려 있을 때 내가 뉘었던 장소가 바로 그 이층집이었다.

누구도 듣지 못하도록 나무 장에 들어가 마음 놓고 울던 날들. 그로부터 얼마나 많은 시간을 건너왔던가. 이사하던 날, 백미러 너머로 멀어지는 중림동을 보며 그곳에 얽힌 모든 기억과 작별하는 것 같아 나는 한동안 어디에도 마음을 두지 못했다. 시간이 흐르면서 차츰 새로운 집에 적응해야 했지만.

이제 나는 좁은 골목길을 따라 걷지 않아도 된다. 살얼음이 낀 날, 가파르게 꺾인 계단에 미끄러질까봐 염려하지 않아도 된다. 그런데 어떤 이유일까. 다시 누군가를 사랑하게 되고 작별하고 그때와는 또 다른 글을 쓰고 있는 지금, 투박하지만 구석구석 내 손길이 닿았던 아늑한 그 집이 떠오르는 건. 낡은 나무 장을 한 번 더 열어보고 싶은 건. 아마 그곳에 나의 일부를 두고 왔기 때문이겠지. 더할 수 없는 기쁨으로 가득했던 몇 안 되는 밤을.

선물하는 기쁨

나는 선물 고르기를 즐기는 편이다. 친구의 생일이나 동료의 출간 기념일 같은 날뿐만 아니라 안부처럼 가볍게 건넬 수 있는 선물을 고르는 것도 좋아한다. 어딜 가든 예쁜 물건만 보면 떠오르는 사람이 있어 발걸음을 떼지 못하는 나를 보고 지인들은 장난스럽게 말한다. "너는 선물 장인이야"라고.

선물 장인. 나는 장인이라는 명사 앞에 놓일 수 있는 단어 중 그보다 더 듣기 좋은 말을 아직 찾지 못했다. 자신이 가진 정신을 타인의 기쁨을 위해 아주 세심하게 사용하는 사람. 포장지와 리본의 색감을 고르는 일을 업으로 삼은 사람. 나에게 선물 장인이라는 말은 꼭 그런 사람을 뜻하는 걸로 느껴져서 듣는 것만으로도 보드라운 세계를 타인과 나눌 줄 아는 사람이 된 것 같다.

아직도 친구로부터 그 말을 들으면 조금 쑥스럽긴 하지만, 자타공인 선물 장인으로서 그것을 고르는 일에 대해서라면 할 말이 많다. 나의 손에서 타인의 손으로 선물이 건너가는 시간은 무척 짧지만, 그 찰나를 위해서 기꺼이 여러 날을 봉헌해왔으니 말이다.

선물을 준비할 때 먼저 고려하는 건 건네받을 사람에 대한 사소한 사항들이다. 그 사람이 평소에 액세서리를 즐겨 착용하는지, 한다면 골드와 실버 중 어떤 것을 주로 택하는지, 선호하는 옷 색깔은 무엇인지 눈여겨보면 좋다. 일상에서 나누었던 대화를 되짚어보는 것도 훌륭한 방법인데, "이번 여름에는 발이 편한 샌들을 하나 장만해야겠어"라든가, "요즘은 자기 전에 뱅쇼 한잔 마시는 재미로 살아"라는 말들은 간직해두는 게 좋다. 선물의 바다를 항해하는 데 중요한 나침반이 되어주니까.

지금까지 많은 물건을 주고받아왔지만, 그중에서도 사람들이 마음에 들어 했던 몇 가지 선물에 대해 말해볼까 한다. 하나는 빛 문양이 음각된 키링으로 최근 들어 근심이 많아진 지인을 위해 준비한 것이었다. 잠깐 자리를 비운 사이 몰래 가방에 달아두었는데, 후에 짐을 챙기며 키링을 발견한 지인은 돌로 깊이 새긴 듯한 선명한 문양에 눈을 떼지 못했다. 이외에도 불면으로 고생하는 동생에겐 몸을 따뜻하게 찜질할 수 있는 팥 주머니와 잠옷을 주기도 했고 후숙 과일을 좋아하는 친구에겐 망고를 보내주기도 했다. 그러나 아직까지도 기억에 남는 선물은 내가 가장 멀리 떠났던 곳에서 구해 온 포도주 한 병이다.

20대 중반, 나는 얼마 안 되는 돈을 들고 아프리카로 떠났다. 한 달 동안 네 개의 국가를 넘나드는 긴 여행이었기에 불필요한 지출은 되도록 삼가야 했다. 그런데 나미비아의 유명한 주류 상점에 들렀을 땐 지갑을 열 수밖에 없었다. 다른 국가에는 수출하지 않아 오로지 이곳에서만 맛볼 수 있다는 적포도주의 풍미에 대해 듣자 은사님이 떠올랐기 때문이다. 나는 수중에 있던 돈 중 꽤 큰 비용을 내고 그것을 사 왔다. 혹여 캐리어에 넣어둔 포도주병이 깨질까봐, 수건과 내의를 여러 겹으로 돌돌 말아 여행 내내 가지고 다녔다. 밤이 되면 캐리어 안에서 종일 흔들렸을 그 병을 서늘한 곳에 꺼내두기도 하면서. 마침내 선물을 건네받았을 때 은사님이 지을 표정을 그려보기도 했다.

무료한 밤, 한 모금씩 꺼내 드시길 바랐던 그 적포도주는 귀국한 뒤 은사님과 한 스페인 식당에서 나누어 마셨다. 은사님께서 이 귀한 걸 혼자서 먹을 수 없다며 음식과 함께 곁들이자고 하셨기 때문이다. 그때도 지금도 술에 대해서라면 잘 알지 못하지만, 쌉싸름하면서도 깔끔했던 그 포도주의 뒷맛은 아직도 희미하게 감도는 것 같다.

정성껏 준비해 온 선물 앞에서 기뻐하는 사람의 표정. 시간이 가는 줄도 모르고 대화를 나누며 잔을 부딪치는 초저녁의 빛깔. 적포도주는 금세 바닥이 나고, 동시에 나른하고 넉넉해지던 기분. 그때 나는 선물이 불러오는 기쁨이 단순히 무언가를 주고받는 데 있지 않다는 걸 이해했다. 어떤 마음으로 선물을 고르게 되었는지, 그걸 가지고 돌아오며 어떤 생각을 했고 그 과정에서 당신이 나에게 어떤 존재인지 알게 되었다고 말해보는 것. 선물에 이야기라는 리본을 묶어 상대에게 건네고, 그것을 함께 스르륵 풀어보면서 몰랐던 깊이를 발견해나가는 것. 내가 까다로운 선물 고르기의 여정을 포기할 수 없는 건, 더 재능 있고 재주 좋은 장인이 되고 싶은 건 그런 이유 때문이 아닐까.

얼마 전에는 오랜만에 만난 은사님으로부터 홋카이도 지방에서만 생산된다는 포도주를 선물 받았다. 뜻밖의 선물에 기뻐하는 나에게 은사님은 말씀하셨다. 누군가에게 받은 것인데, 오래전 아프리카에서 적포도주를 사 왔던 게 생각이 나서 그대로 가져왔다고. 괜찮다면 너에게 주고 싶다고.

그날 은사님은 포도주뿐만 아니라 강아지와 책이 수놓인 에코백과 약지에 끼고 있던 은반지를 선물로 건네주셨다. 가운데에 푸른 문스톤이 박혀 있어 청량하고 사랑스러운 느낌이 나는. 그 반지를 엄지손가락에 끼고 다니며 은사님의 빈 손가락을 생각했다. 그곳에는 어떤 모양의 반지가 어울릴지 고민하면서.

얼굴 생각

밤에 글을 쓰다가 가장 외로운 순간은 누구의 얼굴도 떠오르지 않을 때이다. 그 얼굴에는 독자도 포함되지만, 글을 쓰고 있는 자신도 포함된다. 다른 이는 차치하고서라도 나조차 내 글이 기다려지지 않을 때, 적어둔 문장은 무용해지고 고적해진다.

그런 날이면 포털 사이트에 내 이름을 검색해본다. 눈앞에 없는 독자를 찾기 위해서. 운이 좋은 날에는 내 글을 아껴주는 누군가의 목소리를 읽을 수 있지만, 대체로는 어떠한 반응도 발견하지 못할 때가 많다. 이따금 혹평 섞인 목소리를 만나게 될 때도 있다. 최근에 만난 목소리는 이 마지막에 해당했는데, 그는 한 해에 읽은 작품 중 나의 글이 제일 시간 낭비였다고 썼다. 부족한 작품이 출간된 것에 대해 꺼림칙한 마음을 가지고 있는 듯했고.

그 글을 보면서 나는 한 사람의 얼굴을 생각했다. 자신이 읽고 있는 책에 화가 나고 탐탁지 않아 하며 낱장을 넘기는 모습을 말이다. 그러자 평가나 비난과는 무관하게 마음이 편안해졌다. 칭찬만을 바랐다면 글을 쓰지 않았을 테니까. 뾰족한 말일지라도 백지 너머에 누군가 있다는 사실에 안도감이 들었다. 아직 닿지 못한 사람과 장소가 있다는 것. 보지 못한 장면과 도달하지 못한 시간이 있다는 것. 나는 그곳에 가보기 위해 글을 쓰고 백지를 건너가며 모험하고 있으니까. 문득 글쓰기가 아니었다면 이렇게 모르는 얼굴을 상상하는 일도 없었겠다는 생각이 들었다. 글을 쓰고 나서야 나는 모르는 사람의 얼굴을 그려보고 그리워하는 능력을 가지게 되었다.

본 적 없는 누군가를 그리워하는 마음. 그건 어떻게 생겨날 수 있는 것일까. 며칠 전 혼자서 놀이공원에 찾아간 건 그 때문일지도 모르겠다. 아이들에게 특별활동 시간에 시를 가르쳐주는 수업을 마친 오후, 나는 모르는 얼굴이 많은 곳으로, 언젠가 만나게 될지도 모르는 그들이 있는 곳으로 갔다.

평일의 놀이공원은 한산했다. 규모가 그리 크지 않은 편이어서 놀이기구의 수가 적었고 그에 따라 자연스레 이용객도 많지 않았다. 입장료를 따로 내지 않아도 내부를 얼마든지 둘러볼 수 있어 잠시 바람을 쐬러 나온 동네 주민들이 훨씬 더 눈에 띄었다. 나는 최고점을 향해 올라가던 드롭타워가 낙하하는 순간, 아주 잠시 두웅 떠오른 몸을 보다가, 흥겨운 음악과 함께 공중을 가로지르는 비명과 웃음소리를 듣다가 식물원 쪽으로 걸음을 옮겼다. 그리고 길을 튼 곳에서 코끼리와 마주쳤다.

나는 이 예기치 못한 만남이 무척 당황스러웠다. 이곳에 들어올 때 동물원이 있다는 건 알게 되었지만, 돈을 지불하고 동물을 구경하는 일과 그 행위로 이어지는 산업을 지지할 마음은 없었기에 가지 않을 계획이었다. 그런데 놀이공원은 모든 공간을 무료로 개방하고 있었고 동물원을 지나야 식물원으로 갈 수 있게끔 동선이 짜여 있었다. 가려던 것이 아니었는데 도착하게 된 곳에서 마주하게 된 코끼리. 대면한 이상 못 본 척 지나갈 수가 없어서 나는 코끼리를 바라봤다. 완전한 내부도 외부도 아닌 사육장 입구에 가만히 서서 양방향으로 코를 흔드는 코끼리를.

이어서 나온 곳은 동굴 형태로 지어진 수족관 건물이었다. 물개와 물범, 큰바다사자가 살고 있다는 수족관은 한눈에 봐도 공간이 넓지 않았다. 바다와 초원을 염두에 둔다면, 인간이 최대의 규모로 지었다고 한들 어떠한 수조와 사육장도 보잘것없이 작을 것이기에.

나는 끊임없이 물에 뛰어들고 잠수하는 물개의 곁에 머물다 한 장면을 목격했다. 잠수한 물개가 날렵하게 나아가다가 몸을 뒤집어 수면을 올려다보는 순간을 말이다. 약속이라도 한 듯 물개는 같은 지점에서 몸을 하늘로 돌렸다. 지그시 눈을 감은 채로. 나는 물개가 감각하고 있을 무언가를 머릿속으로 그려보았다.

유리창을 뚫고 수면에 도달하는 빛. 물에 잠긴 채로 느끼는 그 빛의 일렁임은 어떤 흐름을 띠고 있을까. 언젠가 물속에서 물안경을 잃어버리고 눈을 떴을 때 모든 게 뿌옇게만 보였는데. 물개는 푹신한 베개를 베고 누운 것처럼 잠시 평온해 보였다. 얼마 지나지 않아 수조의 끝에 닿아 눈을 떠야 했지만.

만난 적 없는 누군가를 그리워하는 마음과 닿아보고자 이곳에 왔는데, 어느새 나는 물에 뛰어드는 물개에 대해, 자신이 만들어낸 물살에 가볍게 몸을 맡기는 그 움직임에 대해 생각하기 시작했다. 짧은 순간, 감은 눈 뒤로 펼쳐졌을 잔상 같은 꿈의 장면들도.

도착한 식물원은 식물원이라기보단 실내 정원에 가까운 곳이었다. 드라세나와 스파티필룸, 박쥐란 같은 익숙한 식물과 죽은 나무로 만든 석부작 몇 점이 눈에 들어왔다. 벽면에는 유리병 가득 수생 식물이 걸려 있었다. 나는 식물원에서 야외로 이어지는 통로를 따라 사람들이 모인 분수대 앞에 섰다. 감탄하며 서로의 사진을 찍어주는 연인들. 물장난을 치고 싶어 하는 아이를 말리는 손과 물줄기가 솟을 때마다 푸드덕 날아가는 비둘기들.

이곳에서 만난 장면을 하나씩 모으며 나는 내가 글쓰기를 통해 만나고자 했던 얼굴이, 그리워했던 대상이 사람의 모습만은 아니라는 걸 깨달았다. 얼굴이라는 틀로는 말할 수 없는 것들. 사육장 입구를 서성이던 발과 좁은 수족관 안에 가두어지지 않는 빛. 구획된 공간 안에서 그 빛을 바라보는 순하고 둥근 눈. 이마를 스치고 가는 바람과 햇볕에 반짝이는 분수대의 파이프들. 그 주변을 배회하며 내가 의식하지 못한 사이에 얼마나 많은 존재를 무의식중 배제해왔는지 반성했다.

만날 거라고 예상했던 장면과 만나게 될 거라고는 조금도 예상치 못했던 장면을 한가득 안고 돌아가는 길. 아무것도 떠오르지 않는 백지가 그리 혹독하게만 느껴지지만은 않았다. 보이지 않는다고 해서 아무도 없는 것은 아니기에. 언제나 충만히 있었기에.

그래도 그래도

　잘 담아두었다고 생각했는데 하고 싶은 말이 자꾸 새어 나올 때 누리에게 전화를 건다. 한 번에 전화를 받으면 좋으련만! 열 중에 여덟아홉은 받지 않아서 나는 대기표를 끊듯 메시지를 보내고 기다린다. 그러면 누리는 뒤늦게 부재중 전화를 확인하고 집으로 돌아가는 버스에서 나에게 전화를 건다. 거리에서부터 시작된 통화는 누리가 집에 도착해 침대에 누울 때까지 이어진다. 서로에게 하고 싶은 말이 넘치는 날에는 자정을 꼬박 넘기기도 한다.

　최근에 올라온 기사 봤어? 내가 말하면 누리는 봤어, 봤지……. 수화기 너머로 대답한다. 사는 게 너무 힘들다. 그런데 진짜 싫은 건 지금이 내 인생에서 가장 행복한 때인 것 같다는 거야. 엄마 아빠도 밤이도 전부 살아 있고 친구들도 바쁘게 잘 지내고 있고……. 아무리 생각해도 시간이 흐르면 잃을 것밖에 없는 것 같은데 어떻게 살지? 토로하면 어느덧 공동현관 비밀번호를 누르고 엘리베이터를 기다리는 누리가 다시 답한다. 이제 죽지도 못해. 최근에 사는 게 얼마나 어려운지 친구랑 얘기했는데 내가 힘들어서 죽으면 너무 억울할 것 같대. 사랑하는 사람들이 많이 생겨서 이제는 죽지 못해.

그렇네. 우리는 죽으면 안 되네. 입을 맞춘 듯 동감하다가 서로의 장례식에 가게 된다면 어떨지 말해보기도 한다. 누리는 말한다. 어떡해? 그 앞에 서 있는 걸 상상만 해도 짜증 나! 나는 응수한다. 네가 나를 두고 떠나버린다면 그날에는 명복 못 빈다. 먼 훗날 빌어줄게. 한바탕 그런 얘기를 하고 나면 전원이 나간 것처럼 잠시 조용해진다. 그래도 죽지 말고 살자. 말하지 않으면 잊어버리고 말까봐 주문처럼 서로에게 단단히 일러준다.

세상의 소음이 함부로 침범할 수 없는 각자의 방에서 누리와 나는 속엣것을 털어낸다. 누리는 오랜 시간 서울에서 살다가 올해부터 고향인 전주에서 지내고 있다. 전주의 문화에 관련된 잡지를 기획하고 글방을 운영한다. 본인은 실수가 잦아서 잘 못할 거라더니 부단히 연습한 끝에 바리스타 자격증도 땄다. 가만히 보고 있으면 몸이 열 개라도 모자랄 것 같은데 새만금 신공항 신설 반대를 위해 군산에 가 있기도 하다.

준비한 노래를 부르고 나서 동료들이 작품을 낭독하는데 전투기가 굉음을 내며 날아갔어. 크게 말하지 않으면 사람들에게 잘 안 들릴까봐 소리 지르듯 읽었어. 누리가 김광석의 「너에게」를 개사하여 피아노 반주와 함께 들려줬던 노래를 떠올린다. 신공항 신설 철회를 촉구하는 자리에서 부를 거라며 가사에 어색한 부분은 없는지 묻고 예행연습처럼 불러줬던 노래를. 조개와 농게, 울긋불긋한 풀이 등장하고 푸르른 바닷물에 젖어들면 긴 기다림 끝에서 피워낸 사랑을 돌려주겠다는 약속이 적힌 그 노랫말을. 그곳에서 작품을 꿋꿋하게 읽었다던 다른 동료들의 모습도 그려보았다. 그래서 어떻게 됐냐는 말에 그래도 끝까지 잘 마쳤다는 누리. 전투기의 굉음도 꺾을 수 없는 누리와 동료들. 팔불출이 아니라 누가 봐도 내 친구는 멋지다. 올해가 가기 전에 나도 그곳에 가봐야지, 다짐한다. 황윤 감독의 다큐멘터리를 통해서 만난 갯벌 수라에, 갯벌 안이 얼마나 곱고 따뜻한지 아느냐고 누리에게서 열띠게 전해 들은 그곳에 말이다.

그런데 그거 기억나? 불현듯 과거에 약속했던 일이 떠올라 말한다. 우리 산티아고 순례길 가기로 했던 거. 응. 기억나지. 지금도 정말 가고 싶은데. 잠시 말끝을 흐린다. 그치, 그때는 대학원만 마무리하면 금방 갈 수 있을 줄 알았는데 벌써 4년이 흘렀다. 일이나 돈이나 생각해야 할 것도 많고……. 그래도 꼭 산티아고에 같이 가자. 여행도 하고. 내가 말하면 누리는 그러자고 말한다. 언젠가 떠나자고.

시간에 얽매이지 않고 밤새 통화하면 좋겠지만, 각자 해내야 하는 일들이 많아서 누리와 나는 전화를 끊기로 한다. 방 안은 고요하다. 통화하기 전이나 후나 바뀐 건 아무것도 없는데 왜 눈앞의 미래가 보이는 것 같은 기분이 들까? 언제가 될지 모르겠지만 누리는 어딘가에서 노래를 부르기로 했다며 나에게 직접 작곡하거나 개사한 노래를 들려줄 것이고 나는 오늘처럼 사는 게 너무 힘들다고 앓는 소리를 하다가도 살자는 친구의 말에 "응, 살아볼게" 말하겠지. 그러니까 너도 죽을 생각은 꿈에서라도 하지 말라고 응수하겠지.

한 장소에 찾아가서 곁에 있어주는 것만으로도 큰 위로가 되는 일들이 있더라고. 들어주는 사람이 필요한 곳으로, 더 알아야만 하는 이야기가 있는 곳으로 출동하는 누리를 생각한다. 시끌벅적한 버스 안에서 택시 안에서 누리는 부재중 전화를 보고 내게 전화를 걸겠지. 어딘가로 가는 중이거나 돌아오는 중에. 그러니 열 중 여덟아홉은 전화를 받지 않아도 괜찮다. 누리는 세상을 구하고 있으니까. 사랑하는 사람들아, 죽지 말고 살자. 당신들의 목소리가 나를 살린다.

그림 그리러 가는 길

일과를 마치고 목적지보다 한 정거장 앞서 내렸다. 부드러운 바람에 하루의 피로를 털어내려고. 플랫폼을 빠져나오니 튀김 냄새가 진하게 풍겨 왔다. 역으로 향하는 길을 따라 사방에 형성된 시장들. 빛바랜 방수포 아래 팔리지 않은 과일과 채소, 꽃바구니를 정리하는 상인들을 지나쳐 샛길로 발걸음을 돌렸다.

그 샛길은 화실에서 우리 집으로 이어지는 평범한 길이었다. 오후 세 시부터 여섯 시까지 내리 그림을 그리다가 바깥으로 나오면 가장 먼저 가죽 공방이 보였고 조금 더 가면 과일에 설탕을 잔뜩 입힌 탕후루 가게가 나왔다. 보도블록 곳곳에는 뽑지 않은 잡풀들이 자라나 있었고 쓰레기 수거 날에는 주택가에서 내놓은 봉투가 쌓여 있기도 했다.

처음 그 길을 걷던 날을 떠올리면 화실에 가는 걸 두려워했던 내 모습이 생각난다. 당시에 나는 사고로 떠난 반려견 아롱이를 잊지 않고 그림으로 남겨두고 싶어서 소묘를 배워보기로 했다. 그러나 마음과는 별개로 그 전까지 한 번도 그림을 배워본 적 없는 내가 끝까지 수업을 따라갈 수 있을지 걱정이 앞섰다. 아롱이를 그려보기는커녕 며칠 배우다가 포기하는 건 아닐지, 그런 나에게 실망하게 되지는 않을지. 무엇보다 갑작스러운 죽음 뒤 아롱이 사진을 보는 게 어려웠던 나였기에 아롱이가 없다는 슬픔과 대면할 수 있을지도 확신이 서지 않았다.

그 같은 두려움 속에서 나는 이젤 앞에 앉아 연필을 쥐는 법부터 배웠다. 손바닥으로 연필을 감싸고 위쪽에는 엄지를, 밑에는 검지를 바치고 백지에 선을 그었다. 흔들리지 않은 바른 직선이 나올 때까지. 어느 정도 그것이 익숙해질 때쯤에는 명암에 따라 어떻게 물체에 입체성을 부여할 수 있는지, 대상과 빛이 만나는 각도에 따라 어디가 밝아지고 어두워지는지 파악하는 법을 익혔다. 마지막엔 일정한 비율로 대상을 백지에 옮기는 법도.

소묘가 익숙해지자 여름에는 조금 더 가벼운 마음으로 그 길을 걸었다. 가방에 넣어둔 필통에서 연필과 지우개가 달그락 부딪히는 소리를 들으며. 그림을 다 그리고 돌아가는 길에는 누군가 버릴 목적으로 내놓은 의자나 깨진 거울을 소묘 연습을 위해 사진으로 남기기도 했다. 매번 다르게 조각나는 햇빛의 움직임과 저녁 하늘, 새들의 깃털을 눈으로 따라가보면 이 길이 평범해 보였던 이유는 어떤 사물이나 풍경을 자세히 들여다보지 않았던 나의 안일함에서 비롯된 것임을 깨닫기도 했다.

가을과 겨울에는 아롱이와 어떻게 작별할지 고민하며 길을 걸었다. 아롱이를 그린 작품을 하나씩 완성할 때마다 그 앞에 선 나의 마음도 달라지길 바랐기 때문이다. 숲을 달리는 아롱이를 그릴 때는 함께 달리며 느꼈던 가뿐함이, 털에 눈송이가 잔뜩 묻은 아롱이를 그릴 때면 고운 밀가루처럼 내린 눈을 보고 감탄하던 그날 기쁨이 온전히 기억에 남길 바랐다. 슬픔뿐만 아니라 우리가 나누었던 작은 즐거움과 풍경에도 자리를 내어줄 수 있도록.

그로부터 사계절이 지나 다시금 봄을 맞이한 지금, 나는 앞으로 그림과 나의 관계가 어떤 방향으로 흘러갈 수 있을지 상상하며 걷고 있다. 아롱이로 가득했던 그림이 이제는 커다란 물방울 아래서 수영하는 사람으로, 엄마와 내가 사용하는 칫솔로, 오래 간직하고 싶은 잎사귀로 채워지고 있다는 사실이 기쁘다. 그만큼 나의 마음이 세상을 향해 열려 있다는 뜻일 테니까.

아직은 그림과 함께 걷는 길에서 무엇을 발견할 수 있을지, 어떤 사물을 그림 안으로 초대하면 좋을지 골몰하기 바쁘지만, 어느 날에는 두 발에 맞게 길든 신발을 신은 것처럼 편안하게 그림을 그릴 수 있는 순간이 왔으면 한다. 의식하지 않고 숨을 쉬고 걷는 것처럼. 그렇게 되려면 좀 더 시간이 필요하겠지만 지치지 않고 그림을 향해 한 뼘 더 손을 뻗어보려고 한다. 글자가 지워진 간판과 그 곁에 전지된 나무 한 그루, 나의 그림자를 비추는 가로등 불빛. 평범하지만 평범하지 않은 그 반짝이는 모습을 자세히 볼 수 있도록 말이다.

2부

괜찮아 나도 그랬는걸

시 창작 교실

    지난봄부터 중학교에서 시 창작 교실을 맡게 되었다. 서울에 있는 열두 곳의 학교를 찾아가는 특별활동 수업이다. 매번 출강하는 학교가 바뀌기 때문에 강의가 있는 날이면 무척 분주해진다. 화랑대역, 솔밭공원역, 정릉역……. 오랫동안 서울에서 지내왔지만 생소한 곳들이 많다. 아이들에게 나눠줄 시 묶음과 가벼운 단상을 적을 나뭇잎 모양 포스트잇, 교재로 사용할 시집을 챙겨 길을 나선다. 아주 오래전, 보자기에 예쁜 장신구를 챙겨 마을을 떠돌며 물건을 팔았던 장수가 된 것만 같다. 묵직한 가방의 무게를 느끼며 아이들에게 어떤 이야기를 들려줄지, 혹여나 마음에 드는 시가 없어 실망하지는 않을지 걱정과 기대를 안고 교문으로 들어선다.

학교 선생님이 나를 시인이라고 소개하면 아이들은 신기해한다. 호기심과 호의가 담긴 눈빛. 우리 사이에 놓인 벽은 얼마든지 허물 수 있다고 말하는 듯한 그 눈빛을 보면 나도 모르게 긴장이 풀어진다. 한 명씩 눈을 맞추고 이름을 부른 뒤에는 시를 꺼내 보일 차례다. 나는 아이들에게 말한다. 이 시를 읽으면 콩 한 알에서도 자유를 읽어내는 눈을 가질 수 있어요. 다른 시도 읽어볼까요? 마지막 문장까지 따라 읽으면 기억에서 깨끗이 지워지는 평범한 일상이 얼마나 소중한지 알 수 있어요. 무엇을 쓸지 막막할 땐 엄마가 내뱉은 한마디, 언젠가 가보았던 공원과 주민센터, 나만 할 것 같은 공상을 떠올려 보면 좋아요.

시를 다 같이 낭독하고 나자 이번에는 아이들이 내게 말한다. 선생님, 김경미 시인의 「자유론」에 "양말을 한쪽만 신을 수 있는 자유"라는 구절이 나오잖아요. 저는 이 표현이 몸의 한쪽이 불편한 분들이나 소외된 사람들이 자신의 존재감을 세상에 마음껏 뽐내는 것처럼 느껴져요. 또 다른 아이가 말한다. 저는 마지막 시를 읽고 저희 엄마가 떠올라서 울컥했어요.

한 편의 시를 읽고 서로의 감상을 포개는 일, 그렇게 한 문장 한 문장 이해를 넓혀가는 일. 요즘 나는 아이들과 시를 나누며 그런 기쁨을 다시 깨닫고 있다. 정해진 관습에서 벗어나고픈 몸짓에 대한 은유로만 읽혔던 문장이 소외된 존재들을 위한 무대가 되고, 엄마를 떠올리며 골라 온 시가 다른 이의 엄마로 나타나는 일들. 내가 가져온 시들이 전보다 더 많은 이야기를 품어가는 걸 보면 늘 달갑다. 자신의 이야기를 선뜻 보태주는 아이들에게 고마울 따름이다.

시 읽기가 끝나면 준비해 온 나뭇잎 포스트잇을 나눠준다. 그날의 느낌에 따라 단풍잎을 꺼내기도 하고 플라타너스 잎사귀나 은행잎을 꺼내기도 한다. 손바닥 한 뼘 크기의 종이에 아이들은 빼곡히 글자를 쓴다. 홀로 간직하고 싶다면 주지 않아도 된다고, 주변을 의식할 필요 없이 자유롭게 쓰라고 매번 말하지만 수업을 듣는 아이들 대부분이 자신의 내밀한 고민과 생각이 담긴 글을 건네준다. 들키고 싶은 비밀이 있다는 듯이, 누군가에게는 솔직하게 털어놓고 싶었다는 듯이. 아이들에게 받은 포스트잇은 수업에서 공유하지 않고 파우치에 넣어두었다가 모든 일정이 끝난 후 혼자서만 열어본다.

다음 종이 울리면 공동 창작을 위해 삼삼오오 둘러앉는다. 접근하기 수월하도록 여러 주제를 예시로 보여주긴 하지만 주제 선정부터 창작, 발표까지 오롯이 아이들의 몫이다. 나는 시 쓰기에 열중하는 아이들 곁을 배회하다가 도움을 요청할 때 개입한다. 특히 아이들이 어려워하는 것은 행을 배치해서 자연스러운 서사를 구축하는 것인데, 그럴 때면 우리는 함께 머리를 맞댄 채 행을 바꾸고 수정하면서 한 편의 멋진 시를 완성한다.

아이들이 직접 쓰고 완성한 시를 듣는 일은 다른 무엇에 비할 수 없이 귀하다. 처음이자 마지막으로 지금 여기에서만 들을 수 있으니까. 나는 눈을 감기도 하고 아이들이 삐뚤빼뚤 적은 글씨를 들여다보기도 하면서 귀를 기울인다.

낭독이 끝나면 어떤 점이 좋았는지도 말해준다. 단어의 규칙을 깨고 구름을 '름구'라고 부르려는 시도가 재미있었다고. 노래방에서 점수를 생각하지 않고 신나게 노래를 부르면 오히려 점수가 잘 나와서 깜짝 놀란다는 표현이 아주 생생하게 그려졌다고. 앞에 나와 쭈뼛쭈뼛 서 있던 아이들은 부끄러워하면서도 한편으로는 뿌듯해하는 눈치다.

수업이 끝나기 직전, 내가 쓴 시를 읽어준다. 아이들에게 시를 청해 들었으니 나 역시 그에 응답하고 싶어서다. 내가 시를 읽어주겠다고 하면 아이들은 하나같이 신기해한다. 시인이 자신의 시를 들려주는 건 처음이라고, 다 같이 숨죽이고 내 목소리에 귀 기울여준다. 읽고 나면 박수를 쳐주기도 하는데, 그 순간이 쑥스럽기도 하지만 우리가 시를 나누었다는 게 좋아서 환하게 웃게 된다. 그리고 그날 가장 인상적인 시를 쓴 친구들에게는 내 시집을 선물로 주기도 한다. 내가 시인이어서 누릴 수 있는 몇 안 되는 큰 기쁨이다.

수업을 마치고 아이들과 작별한 뒤 돌아가는 길, 나는 지하철에서 파우치를 열어 아이들이 건네준 포스트잇을 읽어본다. 여러 이야기 속에서 하나의 질문이 눈에 띈다. **선생님은 시인이 되셔서 행복하신가요?** 수업 시간에는 미처 묻지 못한 말을 한 친구가 종이에 적어둔 것이었다. 얼굴을 보고 대답해줄 새 없이 나에게 건너와버린 질문을 오래도록 마음에 품고 다녔다. 뒤늦게나마 그 친구에게 답하고 싶다.

저에게 시인이 되어서 행복하냐고 물으셨지요. 솔직히 말하면, 아직도 그 질문에는 선뜻 대답하기 어렵답니다. 그러나 시를 알게 되어서 행복하냐고 묻는다면 조금의 망설임도 없이 "네"라고 말할 수 있습니다. 시간이 흘러 언젠가 시인이 되어서 참 좋다고 스스럼없이 말할 수 있는 날이 오면 제 글 어디엔가 적어두겠습니다. 마침내 그 질문에 대한 답도 전할 수 있게 되었다고요. 무엇이 되든 되지 않든 존재한다는 사실만으로, 친구가 오롯이 행복하길 바라요.

서유리 찾기

엄마, 이 사람 누구야?

먼지가 두껍게 내려앉은 앨범을 펼쳐 보다가 내가 묻는다. 현철 아빠네. 엄마가 말한다. 너 태어난 지 얼마 안 됐을 때 직장에는 가야 하는데, 맡길 곳이 없어서 아랫집에 아기 봐달라고 사정했었어. 왜 하필 아랫집이었어? 다시 묻자 엄마가 대답한다. 너 중환자실에서 퇴원하고 아플 땐데 먼 곳에 데려가기 어려워서. 그 부부가 강남에서 꽃집도 하고 아들도 둘이 있었는데 하나같이 좋은 사람들이어서 부탁했지. 널 딸처럼 아껴주셨는데.

하얀 모자를 쓰고 카메라를 응시하는 내 얼굴이 환하다. 나의 기억 속에서는 까맣게 잊힌 사람인데 사진 속 그는 어린 나를 목말 태워 꽃나무 아래서 사진을 찍기도 하고 동네 뒷산에 데리고 가주기도 했다. 아무리 기억하기 어려울 나이였다지만, 그런 이야기를 들으면 그에게 미안해진다. 어린 나에게 그토록 잘해주었는데 간직하지 못하고 다 잊어버려서. 그에게는 들리지는 않겠지만 작게 말해본다. 잘해주셔서 감사했어요.

앨범을 다음 장으로 넘긴다. 이번에는 이름만 기억나는 친구가 등장한다. 솔이라는 친구. 솔이와 나는 너른 풀밭에서 나란히 선글라스를 맞춰 쓰고 각자 엉뚱한 곳을 쳐다보고 있다. 됐다는 듯 손짓하며 고개를 돌리는 우리 둘을 보자니 웃음이 난다. 그날 나는 솔이랑 무엇을 했을까? 어떤 노래를 흥얼거리며 손잡고 걸었을까? 이사 가고 동네가 재개발에 들어가면서 다시 만나지 못했지만, 아랫집 아저씨도 솔이도 무탈하게 잘 지냈으면 좋겠다. 한동안 잊고 지냈던 내 삶의 첫 친구 유리도.

유리는 열한 살이 되던 해에 뉴질랜드로 떠났다. 지금은 사용하지 않는 이메일 함에는 유리와 내가 3년간 나눈 대화들이 쌓여 있다. 쓰지도 않는 계정을 그대로 남겨두고 이따금 들여다보는 이유는 그 때문이다. 오랜만에 우리가 주고받은 대화를 살펴보던 중 마음에 걸리는 메일 하나를 발견했다. 2002년 3월에 내가 유리에게 보낸 건데, 내용은 다음과 같다.

유리야 나 때문에 많이 속상했지? 오늘 집에 가서
사과하려고 했는데, 네가 화나서 못 찾아갔어.
속상하게 해서 미안해. 다시는 널 울리지 않을게.

아무리 전후로 다른 메일을 살펴봐도 이 일에 대한 별다른 언급이 없어 그때 왜 유리와 싸웠는지, 나로 인해 유리가 어떤 마음이었는지 알 수는 없었다. 다만, 짧은 문장 속에 여러 감정이 느껴져서 나는 한동안 이 메일 화면에 머물 수밖에 없었다. 나의 잘못에 대해서 사과하고 싶은 마음과 화가 난 친구의 얼굴을 보는 것에 대한 두려움, 그럼에도 불구하고 다시는 울리지 않겠다는 다짐. 한 문장으로는 정리될 수 없는 감정이 손안에서 만져지는 것 같았다. 투명하고 둥근 돌처럼 부드러운.

그리고 감정의 촉감보다 나를 더 오래 붙잡아두었던 것은 그 메일 이후 유리가 내게 보내온 편지의 깨끗함이었다. 유리는 이 일에 대한 어떠한 언급도 미움도 없이 내게 말할 뿐이었다. 많이 보고 싶으니 메일을 더 자주 해달라고, 자신에겐 누구보다 내가 소중하다고.

　내용에 큰 변화가 생긴 건 유리의 이민이 결정된 시점이었다. 유리는 내게 자신이 떠나는 날짜를 알려주면서 나와 헤어지는 게 두렵다고 썼다. 자꾸만 눈물이 글썽글썽 맺힌다고. 낯선 나라로 떠나야 한다는 사실보다, 전학을 가서 새로운 친구를 사귀는 일보다 나와 헤어지는 게 어렵다고. 유리는 자신을 잊지 말아달라고 당부했다. 그건 나 또한 마찬가지였다. 잊지 말고 기억해달라는 말은 당시 우리가 서로에게 가장 많이 쓰는 말이었다.

　이어지는 편지에 따르면 유리의 뉴질랜드 생활은 순조로워 보였다. 수요일이면 앞집 언니와 영어 공부를 하기도 하고 주말이면 말을 타러 간다고 했다. 외국인 친구들이 상냥하게 대해주어 학교생활도 잘해내고 있다고. 한번은 해리포터의 세 주인공이 우리의 모습과 닮아 보인다며 영화 스틸컷을 보내오기도 했다. 반면에 나는 학교생활을 잘 못하고 있다고, 어서 한국으로 돌아오라고 말하고 있었다. 돌아오면 유리가 잊어버린 한글을 가르쳐주겠다고, 그러기 위해서 열심히 공부하고 있겠다고.

　유리에게 도착한 마지막 편지를 읽어보니 짧은 한

문장이 적혀 있었다.

괜찮아, 나도 그랬는걸.

어떤 의미일까 싶어 내가 보낸 메일을 찾아보니 오랜 시간 편지를 쓰지 못해 미안하다는 말이 적혀 있었다. 그때의 난 전혀 예상하지 못했을 것이다. 이 얘기를 끝으로 유리와 대화하는 일은 더 이상 없을 거라는 걸.

2016년, 우리가 나눈 메일을 읽어보다가 용기 내어 유리에게 편지를 보낸 일이 있었다. 어렸을 적 나에게 소중한 친구가 되어주어서 고맙다고. 이제는 전부 흐릿해져서 날 기억할지 모르겠지만, 나는 잊지 않았다고. 그걸 말해주고 싶었고 어디에 있든 늘 행복하길 바란다고 말이다.

떨리는 마음으로 메일을 전송했지만, 그 편지는 보내지지 못했다. 전송 직후 오랫동안 사용하지 않은 계정이라 메일을 발송할 수 없다는 안내 메시지를 받았기 때문이다. 아쉽긴 해도 용기를 내본 게 후회되진 않았다. 나에게 있어 그 편지는 보내진 것이나 다름이 없었기에.

나는 유리가 어디에서 어떤 모습으로 살고 있는지 모른다. 날 기억하고 있는지, 잊어버렸는지도 영영 알 수 없을 것이다. 지금은 어렴풋이나마 유리의 이목구비를 떠올릴 수 있지만, 시간이 흐르면 얼굴을 그려볼 수 없는 날도 올 것이다. 그렇지만 어느 망각의 지대에서는 한 시절 나를 살게 한 사람들이 여전히 살아 숨쉬고 있을 테다. 어린 나에게 나무에서 떨어진 꽃잎을 보여주기도 하고 함께 손을 맞잡아주기도 하면서.

끝으로 잊고 싶지 않은 유리의 말을 이곳에 나누고 싶다. 사랑한다는 말. 나여야만 한다는, 유일한 말이다. 지금은 기억하지 못하지만, 언젠가 당신도 들었을지 모르는 바로 그 말.

메일 늦어서 미안해. 나의 편안한 친구야.

우리 부모님과 너만 생각하면 눈물 나. 사랑해.

나의 단짝. 나 말고 다른 단짝 생기면 안 돼.

─유리가

분갈이

분갈이를 위해 화원에 갔다. 햇볕이 너무 강해서 얼마 걷지 않았는데도 얼굴이 빨갛게 달아올랐다. 나에게 금전수 화분을 건네받은 아저씨는 식물의 끝을 잡고 이리저리 흔들어보다가 말했다. 예상보다 식물이 커서 더 큰 화분이 필요하겠다고. 그러곤 덧붙였다. 아깝겠지만 도자기 화분은 깨야 한다고. 뿌리가 안에서 빽빽이 엉켜 금전수를 꺼낼 수가 없다고. 그래야만 옮겨 심을 수 있다고 말이다.

아저씨는 파편이 튀지 않도록 화분을 비닐로 감싼 뒤 망치로 두드렸다. 세게 내리치지도 않았는데 화분은 깨어지며 단숨에 조각났다. 금전수를 준비된 화분에 옮기기 전 아저씨는 그것을 들어 올려 뿌리를 보여주며 말했다. "작은 화분에서 이렇게나 자라고 있었네요."
나는 화분의 모양대로 굳어진 흙을 촘촘하게 뒤덮은
뿌리를 바라봤다. 얼마나 둘레를 따라 돌았던 것인지.
어둠 속에서도 부단히 뻗어 갈 곳을 찾았을 그 막막함
에 대해 생각하다가 제때 분갈이를 하지 않으면 어떻
게 되느냐고 물었다. 금세 흙을 다 채워 넣고 기울어진
줄기 사이에 지지대를 꽂던 아저씨가 대답했다. "당장
에는 문제가 없지만 서서히 식물이 쇠약해지지요."

분갈이하며 가볍게 들은 그 말이 머릿속을 맴돌았
다. 한곳에 뿌리내린 채 점점 쇠약해진다는 말이 과거
부터 어쩌면 지금까지 내가 느끼는 현실과 근접해 보였
기 때문이다.

한번은 작품을 읽고 토론하는 자리에서 이런 질문
을 받은 적이 있다. 나의 시에 관련한 물음이었는데, 전
쟁을 경험한 적도 없으면서 왜 전쟁에 대해 쓰냐고 했
다. 마찬가지로 탄피 공장 역시 이제는 한국에서 사라
지지 않았느냐면서. 자신은 작가가 잘 모르는 것에 대
해서는 쓰지 않았으면 하는데, 어떻게 생각하느냐고도
물었다.

그때 나는 말했었다. 배경이 된 탄피 공장은 나의 어
머니가 젊은 시절 일했던 곳이었으며 한 사람의 기억과

삶의 역사를 통해 그곳은 여전히 존재할 수 있다고. 나는 어머니를 통해 그 이야기와 관계를 맺게 되었고 그것은 나와 가까운 이야기라고.

남한에 먼저 내려와 일거리를 잡다가 휴전선이 그어져 다시는 가족을 만나지 못했다는 외할아버지와 서둘러 짐을 부려 피난 갔던 이웃집 할머니, 학살이 이루어졌던 운동장, 그곳에서 변함없이 자라고 있는 나무들. 나는 그들의 이야기를 듣고 전쟁이 벌어졌던 장소를 가보면서 자라왔다. 그리고 문학은 어떤 일을 실제로 경험했는지를 떠나서 내가 아닌 무언가를, 지금 여기가 아닌 다른 시공간을 잠시나마 상상해보게 한다. 그것이 문학이 품은 가능성 아닐까.

그 자리에선 내 생각을 말하긴 했지만, 그것과는 별개로 잘 모르는 것을 말할 때 생기는 우려와 조심스러움은 충분히 공감한다. 나 역시 마찬가지이기 때문이다. 나는 한동안 어떤 일에 대해 말하는 걸 두려워했다. 무언가를 말하려고 하다가도 내가 모르는 게 있을 수도 있다는 생각에 겁이 났다. 잘 알지도 못하면서 말했다가 그것으로 인해 사람들이 상처받고 책망할까봐 두려웠다. 어떤 일이 부당하다고 말했을 때 나의 의견이 받아들여지기는커녕 되려 사람들이 날 피곤하게 여길까봐 걱정했다. 어릴 적에는 좀처럼 이러한 생각을 내려놓지 못해 반 아이들에게 당했던 일을 홀로 간직했다. 부모님이나 학교에 말하지 않고 가끔 아프다는 핑계로 출석하지 않거나 남몰래 사람들 사이에서 사라지는 상상을 하며 버텼다. 어느 순간부터는 하고 싶은 말을 지나치게 하지 않아 고립되었다는 생각을, 지울 수가 없었다. 천천히 쇠약해진다는 느낌은 내게 그때를 떠올리게 한다. 어떤 면에서는 과거의 나와 지금의 내가 별반 다르지 않은 것 같기도 하고 말이다.

그러나 한 가지 결정적인 차이는 있다. 과거와 달리 내가 쓰는 삶을 살고 있다는 것이다. 일상을 살다가도 고립된 기분이 들면 나는 글을 썼다. 잘 몰라서 말하기 어렵다는 막막함에 도착하더라도 그 이유가 매번 달랐으므로 무엇을 모르고 어려워하는지 쓰고 싶었다. 같은 둘레를 빙빙 돌게 되더라도 몸을 뻗는 곳은 미세하게 다를 수 있다고 믿음으로. 모르는 걸 조금이라도 알고 싶은 날에는 가본 적 없는 지역의 역사가 담긴 책이나 인터뷰집을 읽어보면서 닿아본 적 없는 삶과 장소를 그려보기도 했다. 벤치에 앉아 하릴없이 나무가 보았을 풍경도 가늠해보며.

그 덕택에 오랜 시간 동안 안으로만 품었던 말들이 곪지 않고 넓은 곳으로 나아갈 수 있었던 게 아닐까 싶다. 그렇지만 이제는 좀 더 용기를 내고 싶다. 충분히 알지 못하는 일이라고 넘기기보다는 어떤 식으로든 타인과 세상에 말을 건네고 싶다.

먼지 묻은 잎은 닦아주고 분갈이 후에는 바람이 잘 드는 곳에 화분을 두라는 아저씨의 말을 곱씹는다. 나라는 식물은 어떤 화분에 옮겨 심을 수 있을지 골똘히 생각하면서 창문을 연다.

여름 식탁

여름 식탁은 간편해야 한다. 가볍게 데쳐서 먹을 수 있는 나물이나 채소를 활용한 덮밥같이 손이 덜 가면서도 한 끼 식사로 충분한 음식 말이다. 잦아들 줄 모르는 더위 속에서 하루를 보내다 보면 생각나는 싱싱한 식재료들이 많지만, 내가 가장 선호하는 건 두릅과 가지, 그리고 오이다.

사실 두릅은 대표적인 봄나물 중 한 가지인데 품종이 개량되어 여름 두릅으로 팔리기도 한다. 봄에 나는 두릅과 비교했을 때 줄기가 얇고 가시가 적어 요리하기 수월하다는 점이 특징이다. 속이 불편하고 어쩐지 입맛이 없을 때 나는 여름 두릅을 주문한다. 끓는 물에 담갔다가 연초록빛으로 배어날 때 건져내면 아주 훌륭한 밑반찬이 된다. 차가운 초장에 식은 여름 두릅을 곁들여 베어 물면 쌉싸름한 맛이 나는데, 그 미묘한 쓴맛이 이상하게도 식욕을 돋워준다. 높은 지대에서 자라난 여린 줄기들이 몸속에 고원을 풀어둔 느낌. 그래서인지 푸릇푸릇한 줄기를 한 움큼씩 다듬고 있으면 마음까지 시원해지곤 한다.

두릅으로 잠시나마 기운을 차렸다면 이번에는 가지를 준비한다. 여름날 한 선생님의 부엌에서 처음으로 맛보았던 가지의 맛을 떠올리면서. 선생님이 만들어주신 가지 덮밥은 다른 양념을 더하거나 불에 볶지 않고 통째로 삶는다는 것이 달랐다. 갓 지은 밥에 물렁해진 가지를 옮겨 젓가락질하면 부드럽게 갈라지던 내부. 입에 넣었을 때 뭉개지며 물기를 남기던 식감. 특별한 거 없이 간장과 참기름만 넣었을 뿐인데도 어떻게 그런 감칠맛이 났을까? 아마 풍부하게 수분을 머금은 가지 본연의 맛을 살린 덕분일 테다.

어쩌면 영혼은 복강에 있는 게 아닐까 생각하게 된다는 선생님의 말씀이 실감 난다. 허기지거나 아프면 소리를 내지만, 약을 삼키고 음식을 먹으면 금세 잠잠해진다는 점에서 말이다. 어쩌면 먹는 행위란 살기 위해 꼭 치러야 하는 의무적인 행위보다는 하루를 견딘 영혼을 달래주는 형식이 아닐까. 삶이 너무나 허기진다고, 잠시 하던 일을 멈추고 자신을 돌봐달라고 보채는 영혼에게 앵두를 따서 가져다주거나 단단한 호두를 깨서 건네주기도 하는 그 과정은 삶이 끝난 이후에도 계속되는 일 같다. 지금도 어딘가에선 지상을 떠도는 영혼과 선조에게 정성껏 상을 차려 염원을 담는 일이 이어지고 있으니까. 여기까지 생각이 미치자 거추장스럽기만 하던 허기진 소리가 다정하고 쓸쓸하게 느껴졌다.

한편, 가지처럼 무르고 부드러운 음식이 조금 심심해질 무렵에는 식탁의 분위기를 바꿔줘야 한다. 이때 오이가 요긴하게 쓰인다. 달짝지근하게 고추장에 무쳐 무침으로 만들기도 하고 가지 덮밥 양념에 깍둑썰기한 오이와 마요네즈를 넣어 비빔밥처럼 만들기도 한다. 그 위에 김을 얹어 먹으면 입안에서 짭짤한 소금과 아삭함이 조화를 이룬다. 간단한 안주로 당근과 함께 야금야금 먹기에도 부담이 없다. 오독오독 씹고 있으면 하루 치의 스트레스가 날아가는 것 같기도 하다.

두릅과 가지, 그리고 오이같이 신선한 채소로 만든 음식들도 내가 좋아하는 것들이지만, 여름 식탁에서 빼놓을 수 없는 나만의 특별한 음식이 한 가지 더 있다. 바로 간장 비빔국수다. 간장으로 만든 양념장에 버무려 만든 그 음식을 보고 있으면 이렇게 너른 음식이 또 있을까 싶다. 재료도 저렴할 뿐만 아니라 양도 많아 여럿이서 나눠 먹을 수 있으니 말이다. 그래서인지 나에게 국수는 북적거리는 시장을 떠올리게 한다. 빠르게 면을 삶는 손과 서둘러 식사를 마쳐야 하는 어떤 이의 뒷모습이 떠오르기도 하고. 그 때문인지 국수를 먹을 때는 늘 누군가와 같이 먹게 된다. 이번 여름 올해 첫 간장 비빔국수는 엄마와 먹었다.

얼마 전, 엄마와 식탁에 마주 앉아 간장 비빔국수를 먹다가, 국수를 맛본 엄마가 고개를 갸웃했다. 도대체 무슨 맛으로 먹는지 모르겠다고. 엄마는 따뜻한 잔치국수가 아니라면 콩국수처럼 시원한 면 요리를 선호하는 편인데, 나는 콩국수는 입에 잘 대지 못하는 편이다. 끈적하고 걸쭉한 식감이 나의 취향과는 맞지 않기 때문이다. 나는 기진맥진한 여름철 음미할 수 있는 그 고소함을 잘 알지 못하고 엄마는 간장 비빔국수만의 단출한 매력을 알지 못하지만, 음식을 사이에 두고 나란히 먹는 시간은 항상 옳다.

언젠가 많은 국수 중 특히 간장 비빔국수를 좋아하는 이유에 대해 생각해본 적이 있다. 그러자 대학 시절 혜화역에서 처음으로 먹었던 간장 비빔국수가 떠올랐다. 저렴하면서 빨리 먹을 수 있는 음식을 고르다 간장 비빔국수가 눈에 띄었다. 입안이 데일까봐 혹은 너무

매워 탈 날까봐 걱정하지 않아도 되는 친절한 음식. 열무국수, 비빔국수, 콩국수에 비해 존재감이 덜하지만 묽지 않고 별다른 흔적을 남기지 않는 음식. 그것이 좋아서 종종 간장 비빔국수를 사 먹었다. 시간이 흐른 뒤에는 파는 곳이 드물어 직접 만들어 먹게 되었고.

빈 그릇을 설거지하고 여름 식탁을 정리한다. 허기와 목마름은 가셨고 몸은 가볍다. 차곡차곡 포개어진 그릇과 깨끗이 비워진 개수대. 부엌 불을 끈다. 비로소 하루가 끝났다는 생각이 든다.

블루베리 따기

간만에 아빠에게 전화를 했다. 목소리가 심상치 않았다. 요즘 내가 얼마나 바쁘고 힘든지 실컷 투덜거리려고 했는데, 지친 건 오히려 아빠 같았다. 평일에는 직장에 나가고 주말에는 블루베리를 따러 별장을 오가느라 조금도 쉬지 못한다고, 이번에 따지 않으면 짓무르는데 뜨거운 햇빛 아래서 종일 일할 생각을 하니까 벌써 힘에 부친다고 했다. 나는 지난 몇 년 동안 계절을 가리지 않고 시골의 블루베리 밭을 가꾸느라 검게 탄 아빠의 팔을 떠올리다가 답했다. 주말에 내가 가서 거들 테니 무리해서 혼자 일하지 말고 기다리라고.

그렇게 시작된 여름의 블루베리 따기. 시골에 도착

해 챙이 넓은 짚모자를 쓰고 장화를 신고 뒤뜰로 나섰다. 기특하게 언제 이렇게 여물었는지, 가느다란 곁가지에도 많게는 스무 개쯤 열매가 달려 있었다. 진보랏빛으로 까맣게 익은 블루베리. 아직 덜 익은 연초록의 열매는 시간에 맡기고 본격적으로 수확을 시작했다. 꼭지에서 따는 순간 얇은 과육에 상처가 날까봐 한 알 한 알 정성을 기울였다. 목이 마를 때는 잘 익은 블루베리를 골라 티셔츠에 닦아 살짝 맛보기도 하면서.

어느새 손끝은 옅은 보라색으로 물들고, 천 주머니는 불룩해지고. 더 넣기 어려울 정도로 가득 차면 커다란 바구니에 덜어두었다. 단단하지만 속에는 촉촉한 과즙을 품은 열매들이 한꺼번에 우수수 쏟아지는 소리. 1년에 한 번 이맘때쯤 수확할 수 있는 블루베리를 얻기 위해 아빠는 나무에 물과 거름을 주고 추위로부터 지켜냈다.

한바탕 소나기가 내렸다. 아빠와 나는 블루베리가 든 바구니를 들고 서둘러 비닐하우스로 향했다. 그때 아빠의 정원을 봤다. 두 달 전 새롭게 지었다던 그 비닐하우스에는 작은 정원이 조성되어 있었다. 안에는 푹신한 짚단이 깔려 있었고 화분은 족히 일흔 개가 넘었다. 비단이끼와 제주애기모람이 살고 있는 테라리움부터 고른 땅에 심긴 나리꽃과 수국, 갈수록 시들해지는 게 걱정되어 내가 맡기고 갔던 몬스테라까지 아빠의 손길을 받으며 건강하게 자라고 있었다. 정원을 구경하며 한숨 돌리는데 아빠가 투박하게 깎은 참외를 건넸다. 일한 후에 먹는 새참은 어쩜 이리 꿀맛인지. 뚝딱 과일 한 접시를 비웠다.

그 순간 별안간 비닐하우스 뼈대를 이루던 철근에서 쇳소리가 났다. 바깥을 살펴보니 엄지손가락만 한 우박이 곤두박질치고 있었다. 혹시나 블루베리 나무가 다치지는 않을까 걱정됐다. 작년에는 갑작스레 기온이 떨어지는 바람에 꽃이 얼어 열매를 맺지 못했는데, 올해는 우박이라니. 우산을 쓰고 뒤뜰을 살피던 아빠가 돌아와 말했다. 아무래도 오늘 수확은 어려울 것 같다고. 이웃에게 전화 한 통이 왔는데 마을 아래에 있는 사과나무들은 많이 상한 것 같다고 했다.

반 시간 넘게 비와 우박이 세차게 쏟아지더니 날이 갰다. 나는 엉망이 된 흙길을 지나 뒤뜰로 향했다. 순식간에 얼마나 많은 비가 몰아쳤는지 한쪽 둑은 무너져 있었다. 그때 앞서 도착한 아빠가 놀라워하며 말했다. 블루베리가 하나도 떨어지지 않았다고.

다가가 보니 정말 말 그대로였다. 언제 비바람이 불

었느냐는 듯 열매는 여전히 가지 끝에 매달려 있었다. 우박으로 인해 이웃집 사과나무는 과실이 떨어지고 흠집이 났다는데, 블루베리 나무의 생명력이 놀라웠다. 가벼운 무게 때문일까. 그 힘은 어디에서 오는 걸까? 나무줄기에서 이어지는 꼭지와 열매를 들여다봐도 가늠하긴 어려웠다. 기분 좋은 놀라움이 지나가고 블루베리 나무를 흠뻑 적신 빗물이 마르길 기다렸다가 다시 열매를 따기 시작했다. 비가 와서 그런지 벌레가 적어 마음 편히 소매를 걷을 수 있었다.

한 번에 한 알씩. 블루베리를 모으다가 이토록 손이 많이 가는 과실도 없겠다는 생각이 들었다. 과육이 무른 탓에 기계를 사용할 수도 없고, 그렇다고 욕심내서 한꺼번에 따려고 하다간 연한 껍질에 상처가 생기기 쉬우니 말이다. 여러 개씩 열매를 맺다 보니 집중하다 보면 눈이 뻐근해져오기도 하는, 모든 열매에 고루 눈길과 손길이 닿아야 하는 느린 일들. 조금 번거롭기도 하지만, 덕분에 나는 한 나무가 어떻게 열매를 맺는지, 어떤 노고를 통해서 식탁에 닿는지 알 수 있었다. 아빠와 내가 다 따지 못한 블루베리는 곤충과 새에게 돌아간다는 것도.

그날 저녁, 나는 수확한 블루베리를 요거트와 꿀에 섞어 먹었다. 새콤하고 단맛이 한데 어우러져 향긋했다. 이렇게 맛이 좋은 걸 유월에만 맛볼 수 있다니 어쩐지 아쉽기도 했지만, 이번이 마지막은 아니니까. 내년도 내후년도 나무는 열매를 키워낼 것이고 때가 되면 블루베리를 따러 뒤뜰로 향할 테니까. 아쉬움은 접어두기로 했다. 그보다 내일은 우유를 섞어 푸딩을 만들어봐야지. 꽁꽁 얼려 얼음 사탕처럼 굴려 먹는 것도 좋을 거야. 남은 열매를 냉동실에 넣어두며 생각했다.

진심으로 순수하게

친구들과 강화에 있는 전등사를 다녀왔다. 여름이 다 가기 전 다른 누구도 아닌 나 자신을 위해 기도하고 싶다는 말에 선뜻 욱진과 주연이 동행해주었다. 차를 타고 출발하는데 바로 전날 충분히 자지 못한 터라 양쪽 눈이 뜨거웠다. 해야 하는 일들이 제대로 굴러가지 않는다는 생각에 꼬박 날밤을 새운 탓이었다. 친구들은 내 지친 기색을 알아차리고는 좋아하는 음악을 틀어줬다. 자동차가 진초록빛으로 물든 논밭을 지나 한적한 도로로 나아가는 동안 축 늘어졌던 마음이 조금씩 설레는 게 느껴졌다. 유리창 사이로 비 냄새 묻은 바람이 드는 게 좋았다.

"참 좋다"는 말은 내 친구 욱진이 자주 사용하는 말이기도 하다. 우리는 여름 동안 한 달에 한두 번은 꼭 만나곤 했는데 그때마다 욱진은 하루도 빼놓지 않고 그 말을 했다. 평창동에서 만둣국을 먹다가 커피를 마시다가 서점에서 만나 같이 작업을 하다가……. 길을 잘못 들었을 때도, 주문한 음식이 기대보다 맛이 없을 때도 좋다고 말해서 그 말의 의중을 물은 적 있다. 좋지 않다고 말해도 괜찮은데 앞에 있는 사람을 배려하느라 일부러 그러는 건 아닌지 걱정스러웠다.

욱진은 이렇게 답했다. "어떤 게 안 좋더라도 좋다고 말하다 보면 정말 좋아지기도 하더라고." 그때 나는 욱진의 마법의 단어를 알게 됐다. 그 비법을 기억했다가 꺼낼 수 있다면 어떤 상황이 닥치더라도 그리 나쁘지 않을 것 같았다.

조수석에 앉은 주연은 가는 내내 뒷자리에 앉은 나를 돌아보며 이런저런 말을 건넸다. 오늘 여행에서 우리에게 편지를 써주고 싶어서 엽서 두 장을 챙겨 왔다고 했다. 주연은 다른 사람과 나눈 다정함을 기억하고 기록하려는 사람이다. 저번 주에 나누었던 대화가 어떤 여운을 남겼는지, 서로를 배려했던 사소한 행동이 어떻게 자신의 마음을 움직였는지를 나에게 알려준다. 뒷자리에서 욱진과 주연의 뒷모습을 바라보았다. 이 장면을 오랫동안 기억하고 싶었다.

좋아하는 친구 둘과 음악을 들으며 좋은 것들을 말하다 보니 어느새 전등사에 도착했다. 우산을 들고 사찰로 이어지는 길을 따라 걷는데 상점 처마 밑으로 비를 피하고 있는 고양이들이 보였다. 사람이 와도 도망가지 않고 어떻게 딱 맞춘 것처럼 적당한 간격을 두고 웅크려 있을까? 거리를 두고 나란히 비를 피하는 모습이 사랑스러웠다.

우리는 대웅보전으로 가기 전에 전등사 곳곳을 둘러보기로 했다. 템플스테이가 진행되고 있는 전각을 지나치니 빈터 같은 공간이 나왔다. 잠시 쉬어 갈 수 있는 벤치와 잘 관리되어 일정한 높이로 자란 풀, 얼마나 많은 사람이 다녀갔는지 알 수 있는 돌탑들. 커다란 바위와 나무 밑동을 가리지 않고 투박하게 쌓아 올린 그것들을 보고 있으니 괜히 뭉클해졌다. 한 사람의 소망을 품은 돌탑이 눈앞에서 선명한 형태로 드러나 있었기 때문이다. 울퉁불퉁하기도 하고 각지고 둥글기도 한 그 표면들은 세상에 닿는 마음의 단면과 닮아 보였다.

이토록 순전한 마음은 없을 거야. 머릿속으로 생각했다. 이곳에 기도하러 온 사람들도 알고 있을 거다. 돌에 소원을 빌고 탑을 쌓는다고 해서 바라는 것들이 그리 손쉽게 이루어지지 않는다는 걸. 그래도 기도를 한다. 더 현명하게 세상을 살 용기를 달라고 빌기도 하고 누군가의 안녕과 평화를 빌기도 한다. 그렇게 돌을 쥐고 빌면 세상이 그 마음을 듣고 조금이나마 너그러워질지 모른다고 생각하면서. 기도하는 순간만큼은 의심을 거두고 희망한다. 진심으로 순수하게.

"우리도 돌을 주워보자." 내가 말하자 주연과 욱진이 땅을 살피며 돌을 골랐다. 나는 짙은 회색 돌 사이에서 황토색이 군데군데 서려 있는 흰 돌을 주웠다. 손으로 젖은 흙을 닦아냈다. 우리는 나무 밑동에 하나씩 돌을 쌓아두고 법당으로 향했다.

나를 위해 기도하고 싶다는 바람으로 이곳에 왔는데 막상 불상 앞에 서니 어떤 말을 해야 할지 떠오르지 않았다. 내가 하는 일들이 다 잘되게 해달라고 빌어볼까. 아니면 삶에서 어떤 선택을 하든 옳은 결정을 할 수 있게 해달라고 빌어볼까 고민하는데, 옆에서 주연이 두 손을 모으고 기도하는 게 보였다. 그 모습을 바라보다가 나는 아무것도 빌지 않기로 했다. 나에게 다가오는 일에 대해 올바른 판단을 내려야 한다고, 모든 일이 잘돼야 한다고 간절히 붙잡지 않는 것이 내가 가장 바라는 일임을 그 순간 알게 되었기 때문이다. 나는 나 자신을 너무 붙들고 싶지 않다. 그저 흐르고 싶다. 어쩌면 나를 위해 여기까지 오는 게 내가 하고 싶었던 기도의 전부였는지도 모르겠다.

"얘들아, 소원은 다른 사람한테 말하면 안 되는 거 알지?" 욱진이 말했다. 주연과 욱진이 어떤 소원을 빌었는지 궁금했지만 묻지 않았다. "나는 아무것도 빌지 못했어." 친구들에게 말하자 욱진은 역시나 그건 그것 대로 좋다고 했다. 날이 갰다가 흐렸다가 실처럼 가는 비가 내렸다. 각자의 우산을 펼쳐 나무 계단을 내려가는 우리가 아까 봤던 고양이들 같았다.

버리는 마음

책장이 무너져 내렸다. 압력을 이기지 못한 선반 핀 지지대가 떨어지면서 책이 균형을 잃고 철퍼덕 떨어지는 소리와 함께. 더 이상 못 들겠다고 책장이 항의하는 소리 같았다. 올해 들어 주저앉은 곳만 벌써 두 군데다. 어느 곳에 '책 탑'을 쌓을지 두리번거리지만 마땅한 데가 없다. 엄마와 살게 되고부터 짐이 서너 배 늘기도 했고 침실로 쓰던 공간을 내어주면서 어쩔 수 없이 한 방에 모든 짐을 몰아넣었기 때문이다.

사방이 책장으로 둘러싸인 요새 같은 공간에서 나는 잠을 자고 글을 쓴다. 빈 구석이라고는 찾아볼 수 없는 책장을 둘러본다. 책뿐만 아니라 드라이플라워를 압착한 유리 오브제, 성물, 피나 바우슈의 무대 사진이 담긴 액자가 늘어서 있다. 하나하나 기쁜 마음으로 모았던 것인데 책장이 무너질 때까지 감당하기 어려운 무게를 계속해서 얹어왔다는 생각에 모든 게 짐스럽게 느껴졌다. 한때는 무언가를 사지 않으면 헛헛해서 견딜 수 없던 시기도 있었지만 이제는 좀 편안해져도 되지 않을까. 홀홀 가벼워지고 싶었다.

　지난 주말에는 마음먹고 책을 솎아보기로 했다. 먼저 두세 권씩 꽂혀 있는 책부터 골라보았다. 이미 소장하고 있는데 출판사나 지인으로부터 받은 책, 선물하기 위해 사두었던 책을 얼추 추려보니 금세 열 권이 넘어갔다. 무너진 책장을 떠올리면 한참 멀었지만, 조금씩 틈새가 생기는 것 같았다. 이 밖에도 참고할 목적으로 사두었던 실용서와 목차만 보고 샀다가 기대했던 것과 내용이 달라 묵혀둔 것들까지 선별하니 꽤 많은 책이 쌓였다. 친구들에게 나눠주거나 새것에 가까운 것만 추려서 도서관에 기증해도 괜찮겠지 싶었다. 여태까지 한 번도 책을 버려본 적이 없어서 그런지 파지처럼 길가에 내놓는 건 잘 상상이 되지 않았다. 솎아내리라, 그렇게 마음을 먹었으면서도 미련이 남는 건 어쩔수가 없나 보다.

　거실 한 귀퉁이에 책을 옮겨두고 어질러진 방을 정

리했다. 이불을 깔고 누우면 꽉 찰 정도로 작은 방인데 어디서 이토록 많은 물건이 튀어나오는 것일까? 쓸 곳이 있을까 싶어서 보관해온 빈 상자부터 크리스마스 오너먼트를 만들기 위해 산책로에서 주운 나뭇가지 묶음, 각종 설명서와 조립 부품……. 잡다한 물건들을 전부 분리수거 봉투에 나누어 담은 뒤 쓸고 닦으니 어느새 두 시간이 훌쩍 지나 있었다. 청소하기 전이나 후나 별반 차이가 없는 것 같은데, 집안일은 해도 해도 표가 안 난다는 말이 실감 났다.

방 안 곳곳을 굴러다니던 물건도 제자리를 찾았고 책장도 어느 정도 공간이 마련되어 숨이 트였지만, 어딘가 부족해 보였다. 아까워서 버리지 못한 물건들이 계속 눈에 밟혔다. 자신의 삶에 들일 수 있는 물건의 정도를 아는 사람은 어떤 이들일까? 한 시절 애착이 담긴 물건이라도 소용을 다하면 내려놓을 수 있는 사람들, 자신에게 무엇이 필요하고 또 필요하지 않은지 알고 있는 사람들 말이다. 원하는 물건을 얻고 버리기까지 어려움을 겪는 나로서는 부러울 따름이다.

무언가를 버리는 일도 근육을 키우듯 단련이 필요한 걸까? 처음에는 어떤 기준으로 물건을 버려야 할지 판단이 서지 않아서 필요한 걸 버리기도 하고, 버려야 할 것을 남기기도 하지만 그 실수를 통해서 정말 있어야 하는 게 무엇인지 알아가는 것처럼. 잘 내려놓는 것에도 연습이 필요하다면 나도 해보고 싶었다.

그래서 며칠 전에는 쓰지 않는 물건을 나눠주기도 했다. 크기 120×90cm의 대형 코르크보드로 사월에 있었던 미술 전시를 위해 구매한 것이었다. 전시가 끝나고 쓸데가 있지 않을까 싶어 보관해온 것을 중고 거래 사이트에 무료로 내놓았더니 곧바로 연락이 왔다. 비싼 돈을 주고 사서 조금 아까웠지만, 앞으로도 쓸 일이 없을 것을 알았기에 기꺼이 전해주기로 했다.

약속 장소에 코르크보드를 내려두고 지나가는 사람을 유심히 바라보는데 차에서 내린 여성분이 나를 향해 수줍게 다가왔다. 어색하게 코르크보드를 건네자 그분은 좋은 물건을 나누어주셔서 감사하다는 말과 함께 가방에서 오렌지 주스를 꺼내주었다. 긴말 없이 깔끔하게 물건을 건네주고 가는 길, 재밌게도 손해 봤다는 생각은 들지 않았다. 버릴 줄 몰라서 쥐고 있던 것을 내려놓는 대신에 시원한 오렌지 주스를 얻었으니까. 그래도 몇 달간 한쪽 벽을 차지하고 있던 것인데 없으면 허전하진 않을까 싶었지만…….

방으로 돌아오자 생각이 달라졌다. 원래 없었던 것처럼 변한 게 아무것도 없어 보였기 때문이다. 정말 필요하지 않았구나. 다음에는 좀 더 정리해봐도 좋겠다. 오랜만에 빈 곳을 채우려 하지 않는 마음으로 책상 앞에 앉았다.

손끝 물들이기

　팔레트에 봉숭아 가루를 옮겨 담았다. 미지근한 물을 몇 방울 떨어뜨리니 한데 섞이지 않고 덩어리졌다. 붉은빛이 돌던 황토색 가루가 검붉어졌다. 아주 작은 플라스틱 스푼으로 조심히 저었다. 미세한 움직임에도 가루가 날려 하얀 테이블이 금세 더러워졌다. 주황색 얼룩들이 언젠가 몸에 났던 반점 같았다.

　반죽처럼 잘 개어진 봉숭아를 손톱 위에 얹었다. 엄지부터 소지까지 누군가의 도움 없이 봉숭아 물을 들이려니 쉽지 않았다. 손톱 모양에 알맞게 올리다가도 한 번씩은 손이 엇나갔다. 실수로 생긴 얼룩을 닦다 보면 나도 모르게 다른 손을 연달아 건드리곤 했다. 얹고 지우고, 다시 지우고 얹고 말리고. 물기가 느껴지지 않을 정도로 표면이 건조해질 즈음 따뜻한 물에 손을 깨끗이 씻었다. 잎사귀를 으깰 때 나는 풀 향이 콧속 가득 퍼졌다. 어린 시절로 돌아간 것 같았다.

내가 아이였을 적 여름마다 의례적으로 꼭 치르던 일이 있었다. 바로 봉숭아 물 들이기. 엄마는 손끝을 물들이는 걸 좋아하는 나를 위해 근처 화단에서 봉숭아 꽃 몇 송이를 주워 오거나 등산에 나서는 아빠에게 구해달라고 부탁했다. 투명한 비닐봉지 안에 어여쁘게 담겨 있던 꽃들.

그 꽃들이 도착하면 엄마는 찬장에서 절구를 꺼내 백반白礬과 같이 넣고 곱게 빻았다. 투명하고 굵은 결정들이 경쾌하게 쪼개지는 소리와 함께 꽃잎 냄새가 났다. 나는 그 광경이 엄마가 내게만 보여주는 은밀한 연금술 같아서 감탄하며 바라봤다. 투명한 광물과 식물로 몸의 한 부분을 물들일 수 있다니! 엄마는 곱게 빻은 봉숭아 꽃을 냉장고에 넣어두었다가 자기 전 내 손톱에 올려주었다. 여름밤의 후덥지근한 공기와 피부에 스치는 시원한 감촉. 엄마는 손톱 주변의 살갗이 물들지 않도록 바셀린을 발랐다. 그다음에는 적당한 크기로 잘라둔 비닐 랩을 손가락에 감싸고 잠투정에 벗겨지지 않도록 굵은 실로 살짝 묶어주었다.

이번에는 어떤 빛깔로 물들었을까? 얼마만큼 오래 갈까? 겨울이 왔을 때도 남아 있으면 좋겠다. 양손이 답답하고 이불에 닿는 비닐이 거추장스러워도 나는 기대감에 부풀어 하룻밤을 보냈다. 혹시나 벗겨지진 않을까 두 손을 이불 밖으로 꺼내 살피기도 하면서. 아침이 오면 꼭 한두 개씩은 벗겨지곤 했지만, 손끝에 봉숭아 빛깔만은 언제나 가지런히 물들어 있었다.

나는 다홍색으로 물든 내 손톱이 마음에 들었다. 매니큐어를 칠했을 때처럼 이질감도 들지 않았고 저마다 색의 농도가 다르게 구별되는 게 특별해 보였다. 꼬박 한밤은 기다려야 한다는 점도, 봉숭아 꽃물이 손톱의 끝자락으로 향해 가는 걸 보며 내 몸의 생장을 뚜렷하게 볼 수 있다는 점도 좋았다. 시간은 이런 색깔을 띠며 나에게서 빠져나가는구나, 손가락 끝으로 그 과정을 관찰하는 게 좋았다.

손을 털고 수건으로 물기를 닦았다. 때때로 몸은 과거에 경험했던 기쁨을 흘려보내지 않고 기억하기도 하지. 계속 그 순간을 누리고 싶다고 말하기도 하지. 어른이 되어서도 여전히 봉숭아 꽃물을 들이고 있는 내 모습을 보니 더 그런 생각이 들었다. 손톱을 들여다보니 군데군데 잘 물들지 않은 게 보였지만, 나쁘지 않았다.

항상 같은 빛깔을 내지 않는다는 게. 내일의 색과 글피의 색이 다르다는 게. 그게 봉숭아 물 들이기의 소소한 즐거움이니까.

퇴근하고 돌아온 엄마가 내 손을 보고 물었다. 언제 봉숭아 물을 들였느냐고. 나는 옛날 생각이 나서 오랜만에 가루를 사서 들여보았다고 답하다가, 정작 봉숭아 물을 들인 엄마의 손은 단 한 번도 본 적 없는 걸 깨달았다. 엄마도 해볼래? 내가 제안하자 그런 걸 유치하게 왜 하느냐고 고개를 저었지만 어쩐지 싫은 기색은 아니었다. 그럼 다 하진 말고 새끼손가락만 해보자. 내가 재차 권유하자 엄마는 결국 마지못한 듯 한쪽 손을 내밀었다. 나는 책상에 올려두었던 팔레트를 가져와 엄마의 작고 둥근 새끼손톱에 봉숭아를 얹었다. 꽃과 백반을 직접 으깨서 해주지는 못했지만, 과거의 엄마가 그러했던 것처럼.

다시 한번 손끝이 물들길 기다리는 시간, 엄마가 내게 말했다. 너 어렸을 때 봉숭아 꽃 따 왔다고 하면 신나서 폴짝폴짝 뛰었는데. 너는 가끔 별거 아닌 일들을 너무 좋아하더라. 때마다 식탁에 올려져 있던 봉숭아 꽃이 떠올랐다. 줄기를 따라 양쪽으로 갈라져 나던 푸릇한 잎들도. 내년에는 꽃을 따 와서 예전처럼 해보자. 그렇게 해야 겨울 올 때까지 남아 있지. 좋아, 그렇게 하

자. 꽃으로 만들지 않아서 그런가, 이건 금방 물이 빠지더라. 내가 답했다.

엄마가 봉숭아 물을 들인 손으로 사과 한 알을 깎는 동안 나는 팔레트를 찬물에 씻어 창틀에 널었다. 저녁이 가는 동안 잘 마를 수 있도록. 엄마와 마주 앉아 사과를 한 입 베어 먹었다. 손끝이 붉은 우리의 손들이 식탁 위를 오가는 게 사랑스러웠다.

1989년 3월 5일

엄마의 결혼 예물을 물려받았다. 그것은 희고 작은 종이 상자에 아무렇게나 담겨 있었다. 결혼 예물이라고 꼭 고급스러운 주얼리 케이스에 간직할 필요는 없지만 그래도 이렇게 두는 건 아니라는 생각이 들었다. 엄마가 가진 유일한 보석인데, 거기 묻어 있는 시간이 얼마나 귀한데. 급한 대로 내가 가진 벨벳 상자 중 가장 깨끗한 것에 넣어두었다. 반지와 목걸이, 귀걸이, 팔찌가 벌어진 홈 사이로 알맞게 들어갈 때마다 드디어 원래 있어야 할 곳으로 돌아갔다는 흡족한 마음이 들었다. 엄마는 다 합쳐도 백만 원이 채 되지 않는 그 보석들이 뭐가 그리 좋냐고 했지만 나는 정말 그것들이 좋았다. 젊은 시절 엄마의 흔적을 만져볼 수 있다는 이유로.

어렸을 적 안방 서랍에서 처음 그 보석들을 봤을 때가 생각난다. 당시에도 엄마는 그게 그렇게 중요한 물건은 아니라는 듯이 다른 물건과 한데 두었다. 외국에서 쓰고 남은 동전과 반짇고리, 해변에서 주워 온 소라껍데기 사이에서 유유히 빛나고 있던 목걸이. 그걸 이루고 있는 작은 체인들을 만져보다가 옷장에 달린 귀금속 보관함으로 옮겨두고, 여기라면 아무도 훔칠 수 없겠지 되뇌며 열쇠를 돌려 잠갔다. 그리고 예쁜 방울을 달아둔 다음 퇴근 후 돌아온 엄마에게 열쇠를 건네며 말했다. 내가 보석들을 안전한 곳으로 옮겨두었어. 그러니까 잃어버리면 안 돼.

그로부터 많은 시간이 흐르고 기억 속에서 보석은 잊혀갔다. 엄마가 외출할 때 그 목걸이나 귀걸이를 착용한 적이 단 한 번도 없었기 때문이다. 이사를 하거나 집을 정리할 때도 본 적이 없어서 잃어버린 건 아닐까 하고 막연히 넘겨짚었던 것 같다.

그러던 어느 날 엄마와 이야기를 나누던 중 투정을 부리며 말했다. 엄마, 나한테 물려줄 만한 물건 없어? 일기장도 좋고 해진 외투도 좋아. 비싸지 않아도 돼. 엄마 손때만 묻어 있으면 다 괜찮아. 나중에 엄마가 보고 싶을 때 꺼내 보게.

다른 때였으면 엄마는 그런 물건이 어디 있겠냐며, 다 값싼 것뿐이라고 넘어갔을 테지만 이번에는 좀 달랐다. 방에 들어가 가방을 가져오더니 내게 흰빛이 바랜 상자를 건네며 말했다. 너한테 줄 건 그거밖에 없다. 결혼 예물로 받은 보석이랑 이모가 해외여행에서 사 온 진주 목걸이. 너 다 가져.

나는 결혼식 날 딱 한 번 했다는 보석을 곰곰이 들여다보았다. 몇십 년째 상자 안에만 있었던 탓인지 어렸을 때와 크게 달라 보이지 않았다. 포도 모양을 본뜬 펜던트하며 자줏빛 큐빅, 도금 처리된 빛나는 표면까지 전부 그대로인 것 같았다. 달라진 게 있다면 엄마와 나 둘뿐인 것 같았다. 어렸던 나는 이제 엄마가 결혼식장으로 향했던 서른을 넘어섰고 엄마는 어느덧 예순이 지났다.

잘 간직한다면 내가 예순이 되어서도 이 목걸이를 하고 어디든 갈 수 있겠다는 생각이 들었다. 초대받은 저녁 식사나 크고 작은 기념일에. 아직은 까마득한 그 시간들을 떠올려 보다가 엄마에게 물었다. 결혼식 날 기분이 어땠어? 엄마는 답했다. 슬펐어, 많이.

엄마는 열아홉 살 때부터 가장 노릇을 했다. 외할아버지가 대전 시장에서 크게 옷 장사를 해서 사정이 나쁜 편은 아니었지만, 딸들까지 챙겨줄 돈은 없었다. 여윗돈은 전부 아들들 차지였다. 외할아버지는 장녀인 엄마가 허튼 꿈을 꾸지 못하도록 미리 단속했다. 대학을 보내주지 않겠다고 못 박았고 집을 위해 돈을 벌어 오라고 했다.

엄마는 군수 물자 공장에 취직했다. 탄피 공정 라인에 서서 반나절을 일했다. 불량품을 골라내고 갓 출하되어 기름에 절여진 탄피를 세척액에 넣고 씻었다. 독성으로 인해 손이 퉁퉁 붓는 걸 보며 자기 삶이 이렇게 끝날 수도 있겠다고 생각했다. 그래서 공무원 시험을 치렀고 단번에 합격해 스무 살에 첫 발령을 받았다.

일하는 동안 벌었던 돈은 가족에게 주었다. 그 돈으로 외할아버지는 지인들에게 이자를 받고 돈을 빌려줬고, 남동생들은 대학을 졸업했고, 외할머니는 무너진 집을 고쳤다. 그렇게 8년이 지나 삶에 지쳤을 때 아빠를 만났다.

엄마가 보기에 아빠는 호감형이 아니었다. 자신보다 키가 작고 왜소했다. 그런데 아빠는 한결같이 엄마 주변을 맴돌았다. 적당히 거리를 두면 멀어질 법도 한데 때마다 마음을 표현했다. 집안 어른의 결정으로 누군가와 결혼하고 싶지 않다고, 마지막으로 한 번만 자신과 만나보면 안 되겠느냐고 청했다. 엄마는 눈앞에서 자신을 향한 사랑으로 떨고 있는 아빠를 연민했다. 착한 사람이라 여겼다. 그래요. 만나봐요. 엄마가 고개를 끄덕이며 말했다. 그 순간 엄마의 어떤 미래는 닫혔고 어떤 미래는 열렸다. 두 사람은 석 달 뒤 결혼했다.

엄마는 집에서 도망가고 싶다는 마음과 가족을 위한 삶을 그만두고 행복하게 살고 싶다는 간절함이 컸다고 했다. 그런 이상한 슬픔과 기대감에 휩싸여 후, 불면 꺼질 것 같은 몸으로 1989년 3월 5일 결혼식장에 들어갔다. 처음이자 마지막으로 목걸이와 귀걸이, 반지를 몸에 걸치고서 엄마는 이제 전으로는 되돌아갈 수 없다는 걸 알았다고 했다. 결혼식 전으로, 아빠를 만나기 전으로, 가족을 떠나기 전으로.

아빠랑 결혼한 걸 후회해? 물어보자 엄마는 후회한다고 말한다. 환갑이 넘어서도 일만 하고 이렇게 고생할 줄 알았으면 했겠냐고, 내게는 결혼하지 않아도 된다고 한다. 그런데 그 말끝엔 정확히 어떤 뜻인지 알 수 없는 여운이 감돈다. 체념이라고 혹은 슬픔이라고 딱 집어 말할 수 없는 그런 여운. 어떤 감정이 실려 있는 여운이 아니라 죽은 여운. 엄마가 자리에서 일어난다. 이제 와 후회해서 뭐 하냐며 잠을 자러 간다고 한다.

이따금 엄마의 목걸이를 하고 외출한다. 기분 전환을 하고 싶은 날이나 울적한 날에. 하나의 미래를 열기 위해서 버려야만 했던 엄마의 무수한 미래를 가늠해보면서. 그러나 어느 쪽이든 내가 알 수 있는 건 별로 없다. 유일하게 알 수 있는 건 엄마가 무엇인지도 모르고 열었던 미래로 인해 내가 태어났다는 것뿐이다. 목에서 찰랑거리는 펜던트의 촉감을 느낀다. 나의 탄생 이전부터 시작된 시간이 나를 구슬처럼 꿰고 지나간다.

조개 모양의 초

굳는 자세

보름 전 사두었던 조개 모양의 초를 꺼냈다. 서점 북티크 낭독회에서 산문을 쓸 때 초를 켜두곤 한다는 희연 언니의 말이 떠올랐기 때문이다. 촛농이 흘러내리며 흰 종이에 모양을 만드는 동안 조금씩 형태를 갖추어갔을 문장들. 자신이 지닌 물성을 소진하며 나아가는 힘이 나에게도 필요했다. 생의 끝에서 한 자세로 굳어야 한다면 어떤 자세로 굳고 싶은지 물었던 언니의 말에도 제대로 답해보고 싶었다. 한 번도 생각해본 적이 없어서 낭독회가 있었던 그날에는 답하지 못했던 질문에 대해.

심지에 불붙은 성냥을 가져다 대니 금세 불이 옮겨붙었다. 먼 훗날이 아니라 나흘 뒤에 굳게 된다면, 하루나 한 시간 뒤라면 나는 무엇을 끝까지 품에 안고 있을까. 마지막 식사로는 무엇을 먹고 어떤 말을 중얼거릴까. 고민도 잠시 심지 중심으로 왁스가 가파르게 무너졌다. 한 방울 두 방울 투명한 촛농이 떨어지더니 이윽고 굳기 시작했다. 아직 이야기의 시작점도 찾지 못했는데, 이토록 빨리 허물어지다니. 초와 분 단위로 달라지는 시간의 지형은 이렇게도 힘찬 거구나. 실감이 났다. 나는 왜 그동안 글을 쓰며 보낸 수많은 시간이 별다른 모양을 만들어내지 못했다고 생각했을까. 1초 사이에도 촛농이 촛농을 덮으며 이전과는 다른 층위를 형성하고 있는데.

밤을 보내기엔 초가 너무 작았던 걸까. 왁스는 빠르게 소진되는데 질문에 이렇다 할 답을 찾지 못해 마음이 조급해졌다. 무엇보다 나의 신경은 온통 흘러내린 초가 보여주는 풍경에 쏠려 있었다. 나는 자판을 두드리는 대신 카메라를 꺼내 들었다. 그것이 녹아가는 과정을 기록하고 바라보기 위해서. 그러고 나면 내가 남기고 싶은 자세도 발견할 수 있을 것 같았다.

초는 외곽이 아니라 중심부터 녹아내렸다. 거기가 자신의 핵심이라는 듯이. 내부를 보호하기 위해 겉을 내세우는 것이 아니라 안쪽부터 정직하게 불탔다. 몰랐던 사실도 아닌데 마음이 잔잔하게 일렁였다. 그 모습이 무언가를 진심으로 사랑하는 육체와 닮아 보였기 때문이다. 요령도 없이 자신의 안쪽을 허물어뜨리며 전혀 다른 형태로 변모한다는 점에서 말이다. 그러자 시시각각 변화하는 이 풍경을 놓치면 안 되겠다는 생각이 들었다.

내부로부터 발생한 기름이 왈칵 쏟아질 때는 포옹하는 자세로 굳는 일에 대해 떠올렸다. 누군가를 껴안고 있는 상태가 아니라 텅 빈 공허까지 안아줄 각오가 되어 있는 자세. 높은 곳에서 어떤 존재가 나를 내려다본다면 어쩐지 자신을 배제하지 않을 것 같아 다가서고 싶은 자세. 그런 모습이라면 죽음 이후에도 조금은 덜 외롭지 않을까.

앙다문 입이 벌어지듯 중심이 갈라질 때는 혼자가 되어도 단단한 자세에 대해 생각했다. 가령 신발 끈을 묶는 자세는 어떨까? 언젠가 시간이 흘러 굳은 모습에서 풀려났을 때 뒤바뀐 세상을 조심조심 걸어갈 수 있도록. 발등부터 발목까지 끈을 통해 하나로 이어진 힘이 자신을 받쳐주고 있다는 느낌이 들게.

그런데 한 방울씩 포개지며 지층처럼 쌓여가는 그것을 보고 있자니 무언가를 바라보는 자세에 대해서 곱씹게 되었다. 만약 죽기 전 나에게 단 하루가 주어진다면 나는 무언가를 바라보는 데 남은 시간을 전부 써버릴 것 같았기 때문이다. 사랑하는 개의 이마나 근육이 빠진 아빠의 팔, 우리가 머물렀던 정겨운 집. 서로의 키를 표시해주느라 금이 그어진 벽과 친구에게 건네받은 편지 같은 것들. 아마 그런 것들을 바라보다가 더 볼 수 없음에 안타까워하면서 굳어가지 않을까.

주어진 마지막 날, 나는 성대한 식사를 하지 않을 것이다. 보고 싶은 것이 많이 있을 테니까. 체하지 않게 소화가 잘되는 빵이나 과일을 몇 조각 집어 먹고 어떻게 하면 내가 사랑하는 존재들을 한눈에 담을 수 있을지 고심할 것이다. 그러다 생각해낼 것이다. 그동안 내가 찍은 사진들이 모여 있는 앨범을. 그 수많은 사진 중에서 잊고 싶지 않은 장면을 몇 개 추려낼 것이다. 아주 느리고 신중하게. 그리고 앨범의 맨 뒷장, 아직 아무것도 넣어두지 않은 빈 페이지에 그것들을 하나하나 배열해둘 것이다. 시간이 다 되었을 때 나의 눈동자 속에 그 모든 페이지가 반사되어 비치도록. 기억하기 위해 두 눈을 힘껏 뜬 채로 나는 굳을 것이다.

촛농이 타고 스스로 꺼진 자리. 매끄럽지만 울퉁불퉁한 표면을 만져보았다. 뜨겁지 않을까 싶었는데 따뜻한 온도가 느껴졌다. 이제 막 새로운 모양을 다 만든 참이라는 듯이. 하나의 사물이 만들어낸 끝. 그 끝이 따뜻했다는 게 나에게 용기를 주었다면 허무맹랑해 보일까. 어떤 일의 끝이, 무언가가 떠나고 딱딱하게 굳은 자리가 매번 따뜻할 리 없지만, 이토록 따뜻하기도 하다는 것. 그렇다면 손이 얼얼해지도록 차갑고 뾰족한 끝이 나를 베어낼 때 그래도 다음, 다음 장면을 달라고 말할 수 있지 않을까. 알다가도 모를 일이다. 초는 다 탔는데, 그것을 받치던 그릇에는 여전히 남은 것이 있으니. 전혀 다른 모양으로 여전히 있으니.

내가 사랑하는 문진

　누군가 내가 가진 사물 중 가장 아름다운 것을 하나만 보여달라고 한다면 나는 유리 문진을 꺼내 그 앞에 내려놓을 것이다. 날카로움은 찾을 수 없는 둥근 만듦새로 완결된, 투명한 세계를 한 손에 쥘 수 있는 문진을. 그러니 오늘은 그 사물을 사랑하게 된 이유를 말하는 데 하룻밤을 낭비해도 좋지 않을까.

　내가 문진의 매력에 빠진 건 연남동의 한 빈티지숍에서였다. 황금빛 촛대와 장난감 병정, 납유리로 만든 잔과 자수 놓인 레이스가 나름의 질서로 정돈된 진열장에서 문진을 찾아냈다. 저마다 각기 다른 세계를 품은 문진을 가까이서 본 건 처음이어서 나는 무척 놀랐다. 그것이 그토록 아름다울 수 있다는 사실에.

종이나 냅킨처럼 날아가기 쉬운 사물을 고정하거나 하나의 오브제로서 수집되기도 하는 문진을 관찰하다가 사물이 가진 특성이 눈에 들어오기 시작했다. 날아가기 쉬운 무언가를 잡아주는 데 자신의 무게를 이용하는 사물. 어떤 방향이든 완만한 곡선의 형태를 하고 있으면서도 중심을 지키는 사물. 나는 나만의 방식으로 문진을 이해하며 그것의 속성을 본받고 싶었다. 무심코 들은 말 한마디에도 자주 휘청이는 나였기에 더 그랬을지도 모르겠다. 무엇보다 무용하더라도 그 자체로 받아들여지는 아름다움이 있다는 게 큰 위안이 됐다.

그날 나는 문진을 사지는 않았다. 너무 아름답다고 여긴 나머지 그것을 사서 가져갈 수 있다고 생각하지 못한 것이다. 다만, 고유한 개성을 가진 문진을 하나씩 들여다보며 두 눈에 담아두었을 뿐이다.

한 사물이 지닌 특별함에 발을 들이자 순식간에 깊이 빠져들기 시작했다. 나는 작은 구 안에 그토록 다채로운 세계가 들어설 수 있다는 데 압도됐다. 공예가가 내부에 어떤 모티프를 구현하고 싶었느냐에 따라 들꽃의 다발이 펼쳐지기도 했고 누군가 불어넣은 뜨거운 숨의 패턴이, 우주의 성운이 담겨 있기도 했다. 일일이 명명하고 분류할 수 없는 그 다양성을 경험하면서 나는 언젠가 얻게 될 나만의 문진을 꿈꾸었다. 세상에 발목이 꺾일 때면 유리 속에 영구히 보관된 세계를 보며 몸을 일으켜 세우길 바랐다.

생각보다 나만의 문진을 얻는 과정은 쉽지 않았다. 대체로 내가 구하고 싶은 문진은 하나밖에 남지 않은, 오래전 해외에서 생산되어 곳곳을 떠돌아다닌 물건이었다. 마음에 들면 비싼 가격과 배송비 때문에 선뜻 구매하기 망설여졌고 그것을 감수하고서라도 갖고 싶은 문진이 생기면 잠깐 사이 품절되기 일쑤였다. 그렇게 놓친 문진의 수가 얼마나 많았던지, 어쩌면 나와 연이 닿는 물건을 얻기 어려울 수 있다는 생각에 다니던 도예 공방에서 직접 문진을 굽기도 했다. 둥글게 빚은 백자토의 속을 비우고 겉면에 투박한 패턴을 내기도 하면서 고군분투했다. 서툰 솜씨 탓에 실수가 잦아 완전히 마음에 드는 문진을 만들지는 못했지만 말이다.

그로부터 얼마나 지났을까. 여느 때처럼 문진을 찾아보다가 1996년에 영국에서 제작되었다는 문진을 발견했다. 중심에는 건조하고 푸석한 마른 들풀이 놓여 있었고, 그 주위를 에워싸고 매트리카리아 꽃이 정교하게 심겨 있었다. 가격도 적정했다. 머뭇거릴 새도 없이 곧장 그 문진을 주문했다. 무언가를 그토록 고심하여 얻은 건 드문 일이었기에 기대감으로 며칠을 보냈다.

마침내 문 앞에 도착한 상자를 열어보니 연보라색

종이에 감싸인 문진이 보였다. 향수를 레이어링했는지 겨울철 건조해진 나무에서 나는 냄새가 났다. 나는 잠시 종이에 묻은 향을 맡다가 먼 길을 돌아 내게 온 문진을 바라보았다. 빨강 파랑 노랑 하양으로 정성 들여 염색한 꽃잎과 바람 부는 들판에서 한 줌 꺾었을 것 같은 갈대, 각도에 따라 달라지는 유리 속 풍경을 보면서 내게도 긴 시간 들여다보고 싶은 사물이 생겼다는 것에 즐거워했다.

나는 그 문진을 아끼는 화집을 모아둔 책장에 두었다가 이따금 시와 단상이 적힌 종이 위에 올려두었다. 애정하는 작가 시도니 가브리엘 콜레트가 문진과 색색의 전구를 수집했다는 걸 알고는 그녀와 영혼이 통하는 것 같다는 귀여운 공상을 하기도 했다. 말년에는 고관절염을 앓아 부드러운 모피를 깔아둔 침대에서만 글을 썼다는 콜레트. 모든 작업을 끝내고 고개를 돌렸을 때 방 안 가득 자리 잡고 있었을 둥근 사물들을 그녀는 어떤 눈으로 바라보았을까. 문진에 묻은 얼룩을 손수건으로 닦으며 그런 생각을 했다.

나는 일곱 번째 문진을 구매한 뒤로는 새로운 문진을 들이지는 않았다. 마음이 식었다기보다는 어떤 사물을 필요 이상으로 소유하려는 태도가 어느 순간부터 불편해졌기 때문이다. 그보다는 이미 가진 사물을 한 번 더 들여다보고 아껴주는 방향으로 중심을 옮겨가고 싶었다. 균형 잃었던 날에 나를 잡아주었던 사물은 여전히 곁에 있으니 말이다. 언젠가 내가 여덟 번째 문진을 구매하는 날이 올까? 만약 그날이 온다면 어떤 풍경을 가까이에 두고 싶어 할까? 지금은 손에 닿지 않아 알 수 없지만, 유리 속에서 꼿꼿하게 서 있는 들꽃을 본다. 언제까지고 바라볼 수 있을 것 같은 마음으로.

내가 간직하고 싶은 유리 속 풍경

뒤돌아보기

　빗물이 다 마르지 않은 밤의 공원을 달렸다. 내가 나를 잘 따라올 수 있도록 너무 빠르지도 느리지도 않게. 머리 위로 모과나무 잎들이 펼쳐졌다. 두 다리의 움직임에 집중하면서 두 바퀴를 연달아 돌았다. 찌뿌둥했던 근육이 나른하게 풀리고 숨이 가쁘게 차올랐다. 밤공기를 크게 들이마시며 이번에는 차분히 걸었다.

　밤은 신비로운 힘을 지녔다. 사물의 형체가 감추어지지 않은 낮에는 오히려 보이지 않았던 것을 어둠 속에서 드러낸다. 산책로에 버려진 검은 비닐봉지도 누군가 버리고 간 맥주캔도 가로등 불빛을 받으며 반짝인다. 생기 있고 낯설게. 밤 산책을 하면서 주변을 찬찬히 둘러보게 되는 건 그 때문이다.

얼마 만에 혼자서 달려본 것인지, 한때는 달리기를 거르면 잠들기 어려웠던 적도 있었다. 작가로서의 삶이 불투명하다는 생각에 초조한 날이면 근처 하천을 따라 무작정 뛰었다. 들러본 적 없는 동네가 나타나고 두 다리에 힘이 풀릴 때까지. 비가 오면 우비를 입고 달렸고 길이 낙엽으로 뒤덮이면 바스락거리는 소리를 들으며 뛰었다. 그러면 괴로운 생각도 잠시 나를 놓아주었다. 원하는 만큼 도망갈 수 있게 두었다. 며칠이 지나면 다시 내 앞에 나타났지만, 뛰는 순간만큼은 다 잊을 수 있었다. 어지럽게 흔들리는 시야와 쿵쾅거리는 심장박동에만 온 신경을 쏟게 되니까. 예전처럼 자주는 아니지만, 내가 하는 생각들이 너무 무겁게 느껴질 때면 여전히 러닝화를 신고 바깥으로 나선다.

가을에 들어서면서 한 해의 끝에 다다르고 있다는 조바심 탓일까. 요즘 들어 나에게 주어진 시간이 그리 많지 않다고 여겨져 밤에 달리는 일이 잦아졌다. 누군가는 아직 그런 말을 하기엔 이른 나이라고 말할 수 있겠지만 하루가, 한 달이, 한 계절이 쏜살같이 지나가는 느낌이다. 책상에 올려둔 달력을 뜯을 때마다 매번 시간의 속도에 깜짝 놀라게 된다. 벌써 봄이구나. 여름이 가고 가을이 왔구나, 하다 보면 어느새 눈이 내리고 해가 바뀌어 있다.

나는 앞으로 몇 권의 책을 더 쓸 수 있을까? 갈수록 빠르게 차기작을 내는 작가들이 늘어가고 있지만, 내 몸의 주기는 그와 다르게 흘러간다. 머릿속으로 셈을 해본다. 4년에 한 권씩 책을 완성하는 속도로 40년을 쓴다면 열 권 남짓한 책을 출간할 수 있겠지. 그런 생각을 하며 걷다 보면 하루가 끝나는 게 아쉬워진다. 손에 잡히지 않던 시간이 묵직한 무게를 가진 물질처럼 다가온다. 그러나 전처럼 불안에 휩싸이지는 않는다.

다시 숨을 고르고 달린다. 몸을 밀어붙이지 않고 여유롭게. 앞에서 사람이 걷고 있으면 앞지르지 않고 속도를 줄인다. 돌길에 발목이 꺾이지 않도록 주의를 기울이기도 하면서. 가로등 불빛이 쭉 이어지더니 사라진다. 맞은편 주택가에서 흘러나오는 빛에 의지해 어둠 속을 달린다. 벌써 네 바퀴째다. 흐리게 별이 빛난다. 문득 밤하늘에 수놓인 별 무리가 짐승이 벌인 달리기 시합으로 생겨난 먼지라고 믿었다는 한 인디언 부족의 이야기가 떠오른다. 먼 훗날 내 발끝에서 생겨난 것들이 조금은 반짝일 수 있다면 좋겠다.

다 뛰고 난 뒤 공원 초입에 있는 정자에 앉아 숨을 골랐다. 얼마 달리지 않았는데도 몸이 개운했다. 밤공기를 들이마시며 달리느라 몸속이 차가워진 게 느껴졌다. 여름내 울던 풀벌레는 보이지 않고 주위는 조용했다. 차분하게 내 몸의 움직임에 귀를 기울이는 시간. 달리기를 끝낸 뒤 내가 가장 좋아하는 순간이다. 거칠게 뛰던 심장이 느려지고 호흡이 가다듬어지는, 본래의 리듬으로 되돌아가는 시간. 거기에 정신을 집중하고 있으면 결국 모든 일은 나의 흐름으로 돌아오게 된다는 걸 느낄 수 있다. 그리고 그 사실은 내 안의 조급함을 씻어내고 흐트러진 나를 붙잡는다. 내가 어떤 삶을 살고 싶은지, 어떤 글을 쓰고 싶은지도 잊은 채 불안감에 쫓기며 시달릴 때, 나는 그것을 떨쳐낼 수 있다. 오히려 세상과 나를 맞추느라 보지 못했던 것들을 되짚어보며 전진할 수 있다. 나무의 뿌리처럼 느리고 집요하게.

가로등 불빛이 작약이 진 자리를 비추고 있다. 분홍빛을 띠는 조그만 잎들만 줄기에 맺혀 있다. 바람이 한번 불더니 후드득 빗방울이 떨어진다. 여기까지 잘 달렸으니, 이제는 돌아갈 일만 남았다. 내가 나를 지나치게 앞질러 가지 않도록 돌보며 건너가야지. 은색 러닝화에 묻은 흙을 털었다. 길을 걷다가 뒤를 돌자 나무 펜스 너머로 내 그림자가 뻗어 가고 있었다.

봉기의 결혼식

아직 날이 밝지 않은 이른 아침 서울역에서 열차를 탔다. 오랜만에 꺼내 입은 원피스에 구김이 가지 않도록 밑단을 펼치고 조심스레 좌석에 앉았다. 제법 쌀쌀해진 날씨 탓에 외투를 걸쳐도 한기가 가시지 않았다. 열차가 플랫폼을 벗어났다. 푸른 대기로 뒤덮여 차가운 인상을 주는 도시를 보다가 봉기를 떠올렸다. 지금쯤 봉기 역시 잠에서 깨어나 오늘을 맞이할 준비를 하고 있겠지. 인생에 한 번 있을 시월의 어느 하루를 위해.

봉기와 나는 4년 전 이맘때쯤 홍대입구역에 있는 한 공간에서 만났다. 독자들에게 좀 더 친근하게 문학을 소개하겠다는 포부로 야심 차게 기획했던 영상 콘텐츠를 촬영하기 위해서였다. 국영이 내게 봉기를 소개했다. 자신의 룸메이트이자 앞으로 영상을 찍어줄 피디라고. 만난 지 얼마 되지 않은 우리 셋은 어색하게 인사를 나누었다. 그때는 아무리 길어도 1년이면 끝날 예정이었던 프로젝트가 3년으로 늘더니 두 사람이 나에게이토록 소중한 존재가 되어 있을지 조금도 예상치 못했다.

봉기와 국영과는 대체로 촬영 때 만났지만 평소에도연락해야 할 일이 잦았다. 영상 콘셉트를 정하는 일부터 섭외, 대본, 소개 글 작성까지 전부 우리의 손을 거쳐야 했기 때문이다. 때때로 가벼운 술자리를 갖기도했는데, 나는 술을 전혀 마시지 못하는데도 그 시간이즐거웠다. 두 사람이 워낙 유쾌하기도 했지만 그들과함께 있는 게 무척 편안했다.

한번은 다 같이 있을 때 나의 첫인상에 대해 말해준적이 있었다. 조금씩 다르긴 해도 두 사람이 엇비슷하게 느낀 건 내가 친해지기 쉽지 않은 사람 같았다는 것이었다. 처음부터 나를 살갑게 대해준 그들이었기에 그런 생각을 했었다는 걸 짐작하지 못했다. 왜 그렇게 느꼈냐는 나의 질문에 국영이 답했다. 사람을 경계하는게 너무 보였다고. 그 말을 듣는데 정곡을 찔린 것 같았다. 남들에게 잘 숨겼다고 생각했는데 다 들통나다니. 사람과 관계 맺는 게 어렵고 두려웠던 날, 두 사람은 내게 든든한 곁이 되어주었다.

깜빡 졸다가 깊은 잠이 들었는지 어느새 열차는 부산역에 이르렀다. 결혼식이 열리기 전까지 시간이 꽤 남아서 간단히 브런치를 먹고 해운대 해수욕장을 둘러보면 딱 맞겠다 싶었다. 나는 부산에 오면 매번 들르곤 하던 카페로 향했다.

카페는 변한 것 없이 안온했다. 분주하게 빵이 구워지고 아보카도와 토마토를 써는 소리가 들려왔다. 먼길을 온 터라 고소한 원두 향이 무엇보다 반가웠다. 나는 이 카페에서만 맛볼 수 있는 시그니처 라테와 토마토 바질페스토 토스트를 주문하고 창가 자리에 앉았다. 싱싱한 토마토가 얹어진 빵과 차가운 커피를 마시니 살 것 같았다. 해변에서 밀려온 바람이 창문으로 불어왔다.

낮의 해변은 뜨거웠다. 모래사장에 반사된 빛으로 인해 눈부셨다. 구두를 벗어 손에 들고 바닷가를 따라 걸었다. 이곳이 봉기가 살게 될 도시구나, 생각하면서 찬찬히 풍경을 눈에 담았다. 날씨에는 아랑곳하지 않고 바다로 뛰어드는 아이들과 돗자리에 앉아서 파도를 구경하는 사람들 사이를 홀로 지나다녔다. 가까운 동네에 살던 봉기가 집을 정리하고 이곳으로 옮긴다고 했을 때 많이 아쉬워했던 게 떠올랐다. 그 말은 이제 봉기와 국영과 나, 셋이 모여 어떻게 하면 우리가 하는 일이 더 재미있을지 회의하는 것도, 서로의 일과를 끝내고 부담 없이 만나 저녁을 먹는 것도 힘들어진다는 걸 의미했으니까. 분명 봉기의 행복을 위한 일인데 나는 우리가 함께한 시절이 다 끝난 것 같아 섭섭했다. 두 사람과 만들어갔던 시간은 나에게 그만큼 소중했고 행복했다.

그러나 아쉬운 마음도 잠시였다. 봉기가 서울을 떠나기 직전, 마지막으로 차 한잔을 마시고 헤어지는데 멀어지는 봉기의 발걸음이 편안해 보였다. 그 뒷모습을 보자 안심이 됐고 우리가 한 시절을 같이 보낼 수 있었다는 데 감사한 마음이 들었다. 처음으로 사람과 작별하는 일이 밉지 않았다. 행복한 작별은 뒤돌아보게 하지 않고 앞을 향하게 하는구나. 서로에게 어떤 불편함도 주지 않고 떠날 수 있게 하는구나. 봉기와의 만남을 통해 내가 배운 것이었다. 그런 생각을 하며 발가락 사이에 달라붙은 모래알을 털었다. 물결에 따라 맑게 부서지는 윤슬을 등지고 결혼식장으로 걸음을 옮겼다.

봉기의 결혼식은 많은 사람의 축복 속에 이루어졌다. 서울에서 온 국영과 친구들이 만화 「원피스」의 캐릭터를 흉내 내며 노래와 춤을 추었고 단상에 선 봉기아버님의 입담에 하객들은 큰 소리로 웃었다. 바로 선 자세로 흐트러짐 없이 사람들 앞에서 사랑을 맹세하고, 평생을 같이 살고 싶은 이의 옆을 지키는 봉기가 어느 때보다 멋져 보였다.

결혼식의 끝을 알리는 행진 음악이 장내에 틀어졌다. 손을 맞잡은 두 사람이 하객을 향해 인사를 건네다가 귀엽게 춤을 췄다. 그 모습을 본 사람들은 기꺼이 웃으며 환호했다. 나는 미래를 약속한 두 사람이 가보고 싶은 곳까지 함께 걸어갈 수 있게 해달라고 힘껏 축복했다.

3부

내 글은 공룡

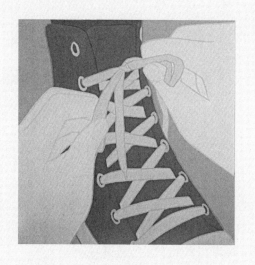

거꾸로 입은 바지

며칠 전 갓 구운 빵을 사러 길을 나섰다. 프레즐과 페퍼로니 바게트, 아침 식사로 어떤 걸 먹으면 좋을지 생각하면서 손에 든 지갑을 주머니에 넣으려는데 아무 것도 만져지지 않았다. 그 순간 바지를 거꾸로 입었다는 걸 알았다. 돌아가야 하나 싶었지만 그대로 가기로 했다. 앞과 뒤가 크게 구분되지 않는 검은색 추리닝이어서 내가 굳이 말하지 않는다면 아무도 눈치 못 챌 것 같았다.

신호등 앞에서 옷매무새를 고치다가 불현듯 돌아가신 할아버지의 회색 바지가 떠올랐다. 아주 오래전 할아버지와 단둘이 손잡고 번화가를 걸었던 적이 있다. 집과 지하철역으로 이어지던 가장 큰 도로로, 한쪽에는 유흥가가 다른 한쪽에는 학교가 있어 언제나 붐비던 곳이었다. 일곱 살쯤 됐던 나는 걷다가 문득 할아버지의 바지가 이상하다는 걸 알아챘다. 지퍼는 보이지 않았고, 정면으로 나 있어야 하는 주머니가 엉덩이에가 있었기 때문이다. 어린 나는 할아버지에게 말했다.

"할아버지, 바지 거꾸로 입으셨어요."

그러자 할아버지는 황급히 바지를 매만져보더니 어찌할 바를 모르셨다. 그토록 당황하고 놀라셨던 모습은 그 이전에도 이후에도 본 적이 없었다. 잠시 허둥지둥 주변을 둘러보던 할아버지는 벨트를 풀어 그 자리에서 바지를 벗었다.

나는 그런 할아버지가 창피했다. 길 한복판에서 모르는 사람들이 할아버지의 맨 종아리를 훑어보고 파란색 트렁크 팬티를 보는 게 싫었다. 무엇보다 그 곁에 서 있는 나와 할아버지를 동시에 쳐다보는 것이 부끄러웠다. 내 마음을 아는지 모르는지 할아버지는 다른 이들의 시선에는 아랑곳하지 않고 태연히 바지를 갈아입은 뒤 다시 내 손을 잡았다.

때와 장소를 가리지 못하는 할아버지. 다른 사람들 앞에서 바지를 내릴 정도로 부끄러움을 모르는 할아버지. 어린 나는 그렇게 거침없이 함부로 이해했던 것 같다. 그리고 언젠가부터는 그런 할아버지를 더는 궁금해하지 않았고.

　나와 할아버지는 친밀한 사이로는 남지 못했다. 내가 기억하는 한 나를 품에 안아주시는 법도, 곁에 두고 자신이 어떤 삶을 살아왔는지 무용담을 말씀해주시는 법도 없었다. 그저 방금 기름을 칠한 듯 광택이 나는 가죽 소파에 앉아 티브이를 보다 한 번씩 시선을 거두어 나를 바라보거나 이른 저녁이 되면 잠을 청하기 위해 안방으로 들어가던 뒷모습만 듬성듬성 떠오른다.

　그래서일까, 내게 할아버지는 삶보다는 죽음에 좀 더 가까운 존재처럼 느껴진다. 죽음과 할아버지. 그 둘과 관련해서는 생각나는 것이 많기에. 그중 지금까지도 선명히 그려볼 수 있는 건 임종 직전 검게 변한 할아버지의 발가락이다. 몸에서 가장 먼 곳, 따뜻한 피가 뻗어 가지 못한 곳에서 죽음은 선명히 윤곽을 드러내고 있었다. 조금씩 신체를 올라타며. 이불 밖으로 무심히 삐져나온 그 검은 발가락은 영화에서 보았던 죽음의 모습과는 달랐다. 상처가 벌어져 피가 흐르지도, 그렇다고 정돈된 죽음처럼 평화롭지도 않았다. 어떤 기척도 없이 분명하게 존재감을 비출 뿐이었다.

　병원의 한 구역은 치료를 목적으로 하는 공간이라기보다는 할아버지와 같이 임종을 앞둔 환자들을 모아 둔 곳으로 보였다. 환자의 사적인 공간이나 보호자를 위한 공간 없이 빼곡히 침대가 정렬되어 있었고 사방에서 산소가 투입되는 기계음이 들려왔다. 쉴 새 없이 작동하는 기계 소리를 들으며 스스로 호흡할 수 있는 사람의 숨소리가 얼마나 고요한 것인지 깨달았다. 나는 이불을 끌어당겨 할아버지의 발을 덮어주었다. 그날 밤, 할아버지는 돌아가셨고 나는 돌연한 고열에 시달렸다.

열이 좀처럼 떨어지지 않아서 장례가 치러지는 와중에 근처 병원을 찾아가 수액을 맞았다. 좀 전까지만 해도 멀쩡했잖아. 왜 갑자기 아프니? 가족들은 의아해하며 물었다. 나는 잘 모르겠다고 대답했지만, 머릿속으로는 할아버지의 발을 덮어주던 순간을 떠올렸다. 할아버지의 몸과 내 몸이 닿은 짧은 순간, 잠시 죽음과도 닿았던 것이라고 여겼다. 장례식이 끝난 뒤 열은 거짓말처럼 말끔히 내렸다.

오랫동안 나에게 할아버지의 죽음은 그 자체로서 받아들여졌다기보다는 돌연한 고열로, 처음으로 아빠가 무너지는 걸 봤던 순간으로, 죽음이 보여준 서늘한 이미지로 굳어 있었다. 그러나 평범했기에 삶에 가까웠던 할아버지의 회색 바지를 떠올리고 그에 얽힌 일화를 건져낸 지금, 어린 나와는 다르게 그 장면을 이해할 수 있을 것 같다.

　돌이켜 보면 할아버지는 길가의 사람들이 맨몸을 보더라도, 설령 구경거리가 되더라도 자신이 바지를 거꾸로 입었다는 사실을 납득할 수 없었던 걸지도 모른다. 멍청하다고, 입버릇처럼 스스로를 책망하곤 했다던 그 말이 그것을 가리키고 있지는 않을까. 나는 일상에서 벌어지는 사소한 실수도 용납하지 못했던 할아버지에 대해 생각했다. 회사에서 평가받을 때면 늘 압박감을 이기지 못하고 백지를 제출했다는 할아버지를, 젊은 날 증조부모님과 다섯 동생에게 생활비를 보내느라 돈에 시달리고 불안해했던 할아버지를 말이다. 치매와 건강 악화로 투병하며 병상에 누워 있을 때도 지갑을 곁에 두어야 안심했던 나의 할아버지.

　만약 그때로 돌아간다면 나는 할아버지께 무슨 말을 할 수 있을까. 그리고 지금 바지를 거꾸로 입은 채 유유자적 거리를 걷고 있는 나를 보면 무어라 말씀하실까. 어디서든 당장 갈아입으라고 호통을 치실까. 들어본 적 없는 할아버지의 화난 목소리는 어떤 목소리일까. 공부만 잘하면 갖고 싶은 건 뭐든 사주겠다고, 어린 아빠의 입속에 사탕을 넣어주며 타이르던 그 목소리는 또 어땠을까.

　상상해보다가 이제 다시는 듣지 못할, 영원히 알지

못할 할아버지의 목소리를 내가 그리워하고 있다는 걸 깨달았다. 페퍼로니 바게트가 담긴 종이봉투를 안고 돌아오는 길에.

루루와 콜린

루루와 콜린은 아프리카 여행에서 만난 현지 가이드였다. 두 사람은 한 달 동안 우리 일행을 돌봐주는 역할을 했는데 장거리 운전부터 요리, 야생동물에 대한 설명까지 생소한 나라에 온 관광객들이 그 지역의 모습을 이해하고 안전하게 여행할 수 있도록 도와줬다.

그곳에 다녀온 지 많은 날이 흘렀지만, 요즘도 가끔 그들을 생각한다. 지금의 내 나이가 그때의 두 사람과 가까워졌기 때문일까. 먼일로 믿었던 서른이 현재가 되고 머릿속으로 그려본 적 없던 마흔이 이제는 조금만 기다리면 열어볼 수 있는 미래처럼 느껴지니 말이다.

당시 스물다섯쯤 되었던 나에게 두 사람은 어디서도 쉽게 만나기 어려운 멋진 여성들이었다. 트럭에 여행객을 태우고 장기간 캠핑하면서 아프리카를 횡단하는 게 주 업무였던 만큼 둘 다 풍채가 좋았고 사람들을 이끄는 통솔력이 있었다. 위험으로부터 우리를 보호하기 위해 치안이 불안정한 도시를 걸을 땐 언제나 앞장섰으며, 건물도 상점도 없는 비포장도로 한복판에서 트럭이 고장 났을 땐 리프트를 설치해 차를 들어 올려 부품을 수리했다. 자기 몸보다 몇십 배는 큰 트럭이었는데도. 일행 중 한 명이 발을 크게 다친 날에는 번쩍 어깨에 둘러업고 병원으로 데려가주기도 했다.

나는 그런 두 사람을 좋아했다. 거대한 암벽으로 이루어진 협곡에 도착하면 먼 과거에는 물이 흐르기도 했다는 사실을 알려주고, 코뿔소는 시력이 좋지 않지만, 후각이 발달하여 낯선 이의 기척을 느낄 수 있다는 것과 어떤 씨앗은 10년이고 20년이고 씨를 물고 있다가 충분한 비가 내리면 열리기도 한다는 것을 알려주는 두 사람을 말이다. 자신들로서는 몇 번이고 왔던 곳이지만 전에는 무엇이 있었고 이번에는 무엇이 바뀌었는지 말해주는 것도 좋았다. 그를 통해 나 역시 몰랐던 시간을 가늠해보며 한 장소를 좀 더 색다르게 볼 수 있었으니까.

한번은 루루와 콜린, 일행 몇몇과 모닥불 주변에 둘러앉아 이런저런 이야기를 나눈 적이 있었다. 우리를 위해 장작에 불을 피워주긴 하지만, 정작 본인들은 다음 일정을 챙기러 일찍 텐트로 돌아가곤 했기에 그런 날은 드물었다. 여행은 즐거운지, 아침이나 저녁에는 어떤 음식을 먹으면 좋겠는지 일에 관련된 대화를 나누다가 어느 순간 대화의 주제가 바뀌었다. 우리에게야 한 달일 뿐이지만 그들에게는 몇 년 동안 계속되는 이 삶이 고되진 않은지, 얼마나 자주 집으로 돌아가는지와 같은 내밀한 이야기로.

우리의 질문에 콜린은 대답했다. 집으로 돌아가는 날은 1년에 손꼽을 정도이며 평소에는 회사의 작은 사무실에서 먹고 잔다고. 자신과 루루는 사람을 만나고 여행하는 지금의 삶에 만족하고 행복하다고 했다. 오랫동안 만나온 사람과 함께하는 삶을 생각하기도 했지만 가정을 꾸리는 일은 자신에게 맞지 않아 결혼은 하지 않기로 했다고도 털어놓았다.

나는 자신이 원하는 삶이 무엇인지 알고 그것을 위해 어떤 걸 포기해야 하는지 명확하게 알고 있는 콜린이 대단해 보였다. 사랑하는 이의 곁에 머물고 가정을 꾸리는, 많은 이가 안정적으로 느끼는 일보단 국적도 사용하는 언어도 다른 이들과 도로를 달리며 광활한 자연을 경험하는 삶을 택할 수도 있다는 것이 말이다. 영어에 능숙하지 않아 한국말 그대로 번역하긴 어렵지만 하염없이 도로를 달리며 바뀌는 풍경을 볼 때 어느 때보다 자유롭고 고향에 온 것처럼 평안하다는 루루의 말도 떠오른다.

루루와 콜린의 나이가 되면 스스로에게 어떤 걸 하고 싶냐고 묻기보다는 난 이걸 원한다고 서스럼없이 택하는 사람이 될 줄 알았는데 요즘의 날 보면 한참 멀었다는 생각이 든다. 어느 것 하나 내려놓기 어려워서 포기하지 못하고 망설이는 모습을 발견할 때마다 그렇다.

언젠가 루루와 콜린을 다시 만나게 된다면 물어보고 싶다. 여행이 끝나고 우리 모두를 돌려보낸 뒤에 샤워실도 제대로 갖추어지지 않은 사무실에서 잠을 청하며 어떤 꿈을 꿨느냐고. 안정적이지 않은 직업과 삶을 택하는 데 두려움은 없었느냐고. 어쩐지 루루와 콜린은 그렇게 무겁게 여기지 않아도 된다며 말해줄 것 같다. 그냥 이 삶이 좋았을 뿐이라고.

작별하던 날, 공항으로 가는 길에 콜린이 조심스럽게 부탁한 일이 있었다. 장시간 운전으로 한쪽 팔이 햇볕에 그을린 루루를 위해 사용하던 팔 토시를 줄 수 있겠느냐고 말이다. 이곳에서는 구할 수 없는 물건인데,

꼭 필요할 것 같아 물어보았다는 말과 함께. 그 얘기를 들은 우리 일행들은 너나없이 트렁크에서 짐을 뒤져 각자의 것을 꺼내 루루에게 주었다.

루루와 콜린은 요즘 어떻게 지내고 있을까. 코로나로 인해 가이드 일을 그만두게 되지 않았을까. 내일은 어떻게 이동할지 지도를 펼쳐보고 불을 피우며 밤이 오는 걸 바라보는 일을 오랜 추억으로 접어두진 않았을까. 나는 루루와 콜린이 지금도 어디선가 여행객을 태우고 아프리카 국경 너머를 달려가고 있길 바란다. 정든 일행이 건네준 팔 토시나 다시 만나자는 말을 한국어로, 때로는 프랑스어로 배우기도 하면서. "텐트에 바나나를 두었다간 코끼리가 들이닥치는 걸 보게 될 거야!" 내게 주의를 줬던 콜린의 목소리가 선명하다. 지구 반대편에 있는 그들에게 내 마음이 닿기란 어렵겠지만 안부를 전하고 싶다. 아주 먼 곳에서도 당신들의 삶을 기억하는 사람이 있다고.

사랑하는 것을 아끼는 사람의 이야기

누리에게

편지 잘 받았어. 한 달 동안 제주에서 어떻게 지냈는지 이따금씩 통화로 전해 들었는데, 네가 쓴 편지를 읽어보니 역시 내가 듣지 못한 이야기가 많구나 싶어. 어쩌면 당연한 말이겠다. 몇 번의 통화로 다 담아내기에는 네가 만난 제주는 무척 커다란 것 같았거든. 나는 네가 제주에서 본 풍경과 사람들 앞에 어떤 마음으로 서 있었을지, 어떤 표정을 지었을지 생각해보았어.

네가 제주에 간 지 얼마 되지 않았을 때 비자림에 대한 글을 올린 적이 있었지. 1년에 1센티미터에서 2센티미터 정도로 아주 더디게 자란다는 비자나무를 도로를 넓힌다는 명목으로 베어낸 공사 현장에서 네가 느낀 감정들에 대해서. 그와 동시에 그 숲을 지키려 싸우고 있는 사람들에 대해서도. 나 역시 그 숲에 가본 적이 있었기 때문에 오랜만에 들은 그곳의 소식에 속이 상하더라. 다른 한편으로는 네가 걱정되기도 했어. 마음은 좀 괜찮아졌을까 싶기도 했고. 혼자서 여행하던 너였기에 혹시나 누군가의 도움이 필요한 상황이 생기면 어떡하지 괜스레 근심하기도 했어.

그런 나의 걱정이 무색하게 너는 씩씩하게 제주를 여행하고 있었어. 처음 네가 제주에 있는 모든 책방을 다 돌아보고 싶다고 했을 때 나는 말이 되지 않는다고 했어. 너의 말에 따르면 제주에만 예순 개가 넘는 독립서점이 있는데, 하루에 두 곳씩 매일매일 바쁘게 움직여도 빠듯해 보였거든. 그런 와중에 네가 편지에도 썼듯이 심하게 넘어져서 다치는 일이 생겼잖아. 그런데도 통증을 참고 책방을 찾아가는 너를 보면서 한편으로는 무모하다고 여기기도 했어. 그렇지만 한 사람의 일을 두고 그건 무모하다고 그쯤에서 그만두라 하는 건 얼마나 어려우면서도 쉬운 일인지. 네가 다친 건 알고 있었지만, 여행 자체를 포기하라는 말은 못 하겠더라. 네가 제주에서 그렇게까지 여행해야만 하는, 그곳에 가서 만나고 들어야만 하는 이야기가 있을 것 같았거든.

다른 공간에서는 찾지 못했던 이야기들 말이야. 그래서 남은 일정을 보내기 전에 병원에는 꼭 가보라고 당부하고 통화를 끊었지. 얼마 후 네가 병원에 가서 얼음찜질도 받고 간단한 치료도 받았다고 했을 땐 안심이 되더라.

며칠 뒤 너는 아플 때 가지 못했던 책방을 다시 찾아갔다고 했어. 얼마 남지 않은 제주에서의 시간을 무척 아쉬워하면서. 그리고 여행을 마무리하고 전주로 되돌아갔지. 너는 나에게 여행 중 있었던 일을 말해주면서 폐점한 몇몇 서점을 제하고 쉰 곳이 넘는 독립 서점을 둘러보고 왔다고 했어. 그때 내가 얼마나 놀랐는지 너는 모를 거야. 대단하기도 하고 걱정되기도 하고 먹먹하기도 하고⋯⋯. 네가 그곳에서 보고 싶었던 게 정말 많았구나. 짧은 순간 여러 감정이 교차하더라고.

네가 그곳에서 만난 사람들의 이야기를 들려주었을 때 비로소 네가 그렇게까지 여행을 감행한 이유를 조금이나마 가늠할 수 있었어. 네가 제주에서 만난 사람들은 자신이 왜 이 일을 하고 있는지 명확히 아는 것 같았어. 앞으로 삶에 무슨 일이 일어날지는 알 수 없지만 어떻게 살고 싶은지는 알고 있는 거지. 무엇을 지키고 싶은지, 무엇을 포기할 수 없는지의 방향만큼은. 제주의 숲을 사랑해서 사람들에게 숲을 해설하는 삶을 선택한 해설사님의 이야기, 사랑하는 이의 흔적이 묻은 공간을 책방으로 만들어 그곳을 보듬고 지키는 사장님의 이야기가 그랬어.

감히 다 알 수 없는 그분들의 삶의 한 부분을 건네들으며 나는 어떻게 살아야 할까, 내가 지키고 싶은 것은 무엇이 있을까, 나는 뭘 포기하고 싶지 않을까 생각했어. 그때 네가 들려준 천리향 이야기가 떠오르더라.

숲 해설사님에 따르면 천리향은 천 리까지 향이 퍼져서 '천리향'이라는 이름을 가졌다고 했지. 그렇게 향을 내는 이유는 천리향이 낮은 곳에서 피는지라 다른 꽃들에 비해 꿀벌을 모으기 어렵기 때문이고. 놀라웠던 이야기는 바로 다음부터야. 천리향은 진한 향기를 내다가 꿀벌이 찾아와 수정하게 되면 향을 내지 않는다는 것. 수정이 이루어진 꽃은 다른 꽃을 위해 더는 향기를 뿜지 않고 기다린다는 것. 기다리고 기다리다가 마침내 모든 꽃이 수정을 끝내면 다 함께 다시 향을 내기 시작한다고.

지금보다 더 많은 걸 이루어야 했던 건 아닐까, 조금이라도 노력해서 더 많은 기회를 잡아야 하는 아닐까, 그런 고민 속에서 치이고 치였던 나에게 네가 건네준 이야기는 정말 그렇게 살고 싶냐고 질문하는 것 같았어. 솔직히 지금도 잘 모르겠어. 어떻게 답해야 손톱

만큼이라도 나은 쪽으로 향할 수 있는 건지. 그런데 며칠 곰곰이 생각해보니까 나에게도 지키고 싶은 것들이 있더라. 너와 이렇게 편지를 주고받으며 나누는 대화와 그 안에 들어 있는 모든 이야기들. 세상의 눈으로 보자면 우리 둘의 이야기는 보이지 않을 만큼 작은 것이지만, 그 작은 것을 보고 듣고 느끼는 우리의 일상은 작지 않으니까 말이야. 네가 비자림에서 보았던 것들. 사랑하는 것 앞에서 떳떳하기 위해 용감해지기로 한 사람들을 보며 마음을 겹쳐두었던 순간들. 그냥 지나치지 못하고 서성이며 머물렀던 시간들. 그런 마음을 아무것도 아닌 거라고 말할 수는 없을 거야.

그래서 나는 내가 아끼는 것을 조금 더 사랑하고 아껴보려고 해. 네가 알려준 책의 한 문장처럼, 사랑이 우리를 선택할 수 있도록. 아주 작고 큰 바람이지만, 우리가 사랑을 선택하고 사랑이 우리를 선택하는 순간에도 너와 내가 편지를 나눌 수 있길.

미니어처 하우스

시원한 아이스티를 주문하고 창가 자리를 찾아 앉는다. 지금 나에겐 빛이 필요하다. 일자 형태로 쭉 이어진 테이블 위에는 장식용으로 진열된 미니어처 하우스가 있다. 투박한 오두막이나 목조건물을 본뜬 그 집에는 네 마리의 토끼가 살고 있다. 토끼들은 피아노를 치고 있거나 해먹에 누워 있거나 2층 테라스에서 바깥을 내려다보고 있다. 나는 토끼의 눈길이 닿는 곳은 어디일지, 그곳에는 무엇이 있을지 궁금하다. 집 너머에 무엇이 있는지 알 수 있다면, 나의 기분도 조금은 나아지지 않을까.

나는 빨대로 얼음을 꺼내 입에 물고 아이스티를 한 모금 마신다. 새콤한 복숭아 맛. 넘치는 햇빛으로 인해 눈이 부시지만, 그 덕택에 미니어처 하우스는 백열등을 켜둔 것처럼 환하다. 만약 그 안에 사는 모형 토끼와 대화할 수 있다면, 조심스레 물어보고 싶다. 바깥에서 볼 때 이 집은 더할 나위 없이 평화로워 보이는데, 그 안에서 지내는 건 어떠한지 말이다. 빛이 드는 이 집은 마음에 드는지, 언젠가 빛을 피하고 싶은 순간이 올 때 몸을 숨길 수 있는 공간은 충분한지.

나는 엄마와 다투고 집을 나왔다. 언제까지 바깥에 있을 수는 없는 노릇이고 저녁이 되면 집으로 돌아가야겠지만, 식탁 앞에 나란히 앉아 또다시 서로의 입장을 주고받아야겠지만……, 지금은 아무 생각 없이 마음을 쉬게 해주고 싶다. 구석구석 햇볕을 쬐며.

문득 주말의 일이 꿈처럼 느껴진다. 그때만 해도 작은 우연이 만들어낸 기쁨이 오래오래 갈 줄 알았는데, 이렇게 순식간에 증발할 줄이야. 사람과 사람의 일은 한 치 앞도 내다볼 수 없다는 말이 실감 난다. 지금으로서는 그날의 기쁨이 다 사라지고 없는 것 같지만, 그럼에도 내가 드물게 만났던 작은 기적과 행복했던 그날에 대해 말하고 싶다.

지난 일요일은 내 생일이었다. 몇 년간의 생일을 돌이켜 보면, 그 전후로 여러 일이 겹쳐서 마음이 떠들썩했는데 모처럼 평화로이 아침을 맞이했다. 느지막이 일어나 가볍게 걷고 점심에는 친구와 만나 간단히 브런치를 먹었다. 그동안 말하지 못하고 미루었던 근황을 실컷 나누다가 우리는 택시를 타고 내가 사는 동네로 이동했다. 멀리서 온 친구가 나의 반려견 밤이를 무척 보고 싶어 했기 때문이다. 목적지에 도착하고 나서 나는 친구에게 말했다. 금방 밤이를 데리고 올 테니 카페에서 조금만 기다려달라고.

그 순간 엄마에게 한 통의 전화가 걸려 왔다. 내가 평소에 밤이와 자주 가던 그 카페에 와 있다고. 마침 친구와 그곳으로 향하던 길이었던지라 나는 놀라서 물었다. 상호도 모르고 골목 안쪽에 있어 눈에 잘 띄지도 않는, 한 번도 찾아가본 적 없는 그곳을 어떻게 찾아갔느냐고. 엄마는 답했다. 오후 산책에 나서면서 밤이에게 나와 자주 가던 카페에 데려가달라고 부탁한 뒤 그저 밤이를 따라왔는데 이곳에 도착했다고. 그것이 하도 신기해 평소라면 사 먹지 않았을 커피도 주문해서 앉아 있던 참이라고.

얼마 지나지 않아 도착한 카페에는 정말 엄마와 밤이가 있었다. 우리는 이 기막힌 우연을 신기해하며 기쁜 한때를 보냈다. 케이크 앞에서 사진을 찍기도 하고, 사장님께서 선물로 건네주신 테린느를 나눠 먹기도 하면서. 그때 시계를 보던 엄마가 말했다.

"지금이 딱 네가 태어난 시간이네."

휴대폰을 보니 시간은 세 시 반을 가리키고 있었다. 사랑하는 친구와 밤이, 엄마. 내가 사랑하고 아끼는 존재들이 한곳에 모여 있다는 게 신비로운 기적처럼 느껴졌다. 또한 좀처럼 외출하는 법도 없고 카페에서 여유를 즐기는 건 사치라고 여기는 엄마가 이곳에 와 있다는 게 신기했다. 그리고 이 모든 우연을 강아지 밤이가 만들어주었다는 것도.

그 순간이 밤이가 내게 준 선물 같아서 나는 이 장면을 흘려보내지 말자고 생각했다. 활짝 열린 창문으로 들어오는 바람과 소란하지 않은 평온한 하루. 쉽게 주어지는 게 아닌 이 잔잔한 오후를 눈에 담아두자고.

그 일이 불과 며칠 전인데, 엄마와 나 사이는 실금이 가고 마음은 어지럽다. 서로를 이해하지 못한다는 서운함에 송곳처럼 찌른 말들이 따끔따끔하다. 가만히 엎드려 미니어처 하우스를 바라본다. 이제는 집을 떠나고 싶은 마음과 그래도 아직은 머물고 싶은 마음 사이에서 갈팡질팡하면서. 유리컵 안에 있던 각얼음이 소리를 내며 무너진다. 그 소리가 내 마음이 내는 소리 같다.

좀 걸으면 기분이 나아질까 싶어 자리에서 일어난다. 유리컵에는 반도 마시지 않은 아이스티가 그대로 있다.

조금 아깝긴 하지만 카운터로 가서 반납하려는데, 카페 사장님이 내게 물어 왔다. 혹시 음료가 입에 맞지 않으셨냐고. 아직 많이 남아 있기도 하고, 가게에 들어온 지도 얼마 되지 않은 듯해서 물어보게 되었다고.

나는 손사래를 치며 말했다. 음료는 맛있었다고. 다른 게 아니라 급하게 가봐야 해서 일찍 일어나던 참이었다고. 그러자 사장님은 잠시 기다려달라고 말했다. 분주한 뒷모습. 사장님은 일회용 컵에 음료를 옮겨 담은 뒤 진열대에 있던 견과류 간식을 꺼내 내게 건네주며 말했다. "무슨 일인지는 모르겠지만, 급한 일 잘 마쳤으면 좋겠어요."

한 손에는 컵을, 다른 한 손에는 간식 봉지를 받아 들고 바깥으로 나왔다. 정처 없이 길을 걷다가, 화단에 핀 꽃들을 보다가 생각했다. 정말 사람 일은 한 치 앞도 내다볼 수가 없구나. 한데 모아 이어 붙이기 어렵다고 여겼던 마음이 엉뚱한 곳에서 모르는 사람에게 위로받고 있으니 말이다. 엄마는 지금 무얼 하고 있을까. 어떻게 그 마음을 이어 붙이고 있을까. 금이 간 마음의 자리가 너무 덧나지 않길 바랐다.

좋아한다고 해서 믿는다는 건 아니야

밤이는 곁을 잘 내어주는 강아지다. 집에 처음 방문한 사람에게도 금세 다가가 하얀 솜털이 난 배를 보여줄 정도니까. 공원이나 카페에서 만난 타인이나 다른 강아지에게도 좀처럼 짖는 법 없이 친근하게 대해서 산책 나온 보호자들은 한결같이 내게 말한다. 강아지가 정말 순하다고.

밤이와 8년째 살아가는 나로서는 이 말에 살짝 다른 결을 더하고 싶다. 밤이가 당신을 피하지 않는 이유는 단순히 순해서가 아니라, 당신에게 호감이 있기 때문이라고. 그래서 낯선 손길이 얼마간 불편하더라도 참아주는 거라고. 가끔 밤이를 예뻐해주고 싶은 마음에 꼬리처럼 예민한 부분까지 만지는 사람이 있는데,

갑작스러운 상황에서도 밤이는 이빨을 드러내는 일 없이 자리에 앉아 기다릴 뿐이다.

이런 모습만 봐온 지인들은 밤이와 가까워진 듯싶으면 나에게 자신 있게 말하곤 한다.

"나 이제 밤이랑 친해진 것 같아. 너 대신해서 산책 좀 다녀올게."

그럴 때면 나는 별다른 대답 없이 남모르게 미소를 짓는다. 곧 있으면 그들이 잘 알지 못하는 밤이의 다른 모습이 드러날 것이기에.

한번은 우리 집에 놀러 오기로 한 윤주에게 조금 일찍 와서 밤이를 돌봐줄 수 있겠느냐고 부탁한 적이 있었다. 몇 번이나 미루어진 친구와의 약속이 잡혀 있었기 때문이다. 나는 외출 시간을 가늠해보다가 혼자 남겨질 밤이가 걱정되었다. 조심스레 나의 상황을 설명하자 고맙게도 윤주는 선뜻 그렇게 하겠노라고 대답했다. 나는 간식과 사료의 위치를 알려주다가 말했다. 밤이가 산책을 따라나서지 않을 것이니 무리해서 바깥에 나가지 않아도 된다고, 같이 있어주는 것만으로도 충분하다고 말이다. 하지만 윤주는 내 말을 믿지 않았던 것이 분명하다. 호기롭게 밤이와의 산책을 시도한 걸 보면.

모든 일정을 마치고 지하철역을 빠져나와 윤주에게 전화를 걸자 휴대폰 너머로 숨찬 소리가 들려왔다. 나를 마중하러 밤이와 바깥에 나왔는데, 길 한복판에서 한 걸음도 움직이지 않는다고 했다. 나는 윤주와 밤이가 꼼짝없이 서 있다는 곳으로 바삐 달려갔다. 그리고 골목 안쪽으로 들어서자 밤이를 안고 걸어오는 윤주의 모습이 보였다. 어리둥절해하며 안겨 있던 밤이는 품에서 내려오기 무섭게 나를 향해 달려왔다. 반가운 표정으로 혀를 빼물고, 한껏 꼬리를 흔들며. 그 모습을 본 윤주는 섭섭한 목소리로 말했다.

"나 납치범 된 줄 알았어."

윤주는 집에서는 간식도 받아먹고 곁에서 좀처럼 떨어지지 않던 밤이가 밖으로 나가자마자 자신을 얼마나 경계했는지, 밤이와 함께 걸으려고 얼마나 애를 썼는지 토로했다. 가만히 그 말을 듣던 나는 윤주에게 말했다.

"좋아한다고 해서 믿는 줄 알았어?"

까맣고 빛나는 눈으로 언제 산책을 거절했냐는 듯 경쾌한 발걸음으로 걷는 밤이를 보면서 나는 호감과 믿음에 대해 생각했다.

예전에 나는 호감과 믿음을 잘 구분하지 못했다. 동

전에는 앞면과 뒷면이 있듯이, 피아노에는 흑건과 백건이 있듯이 두 감정을 하나의 단어처럼 느꼈다. 어떤 사람을 좋아하는데 믿지 못한다는 건 모순으로 여겨졌다. 그래서 나는 누군가가 좋아지면 의심이 끼어들기 전에 그 사람을 전적으로 신뢰하려 했다.

그렇지만 자연스레 가까웠던 사람과 멀어지기도 하고, 반대로 멀어졌던 사람과 다시금 가까워지기도 하면서 믿음 앞에서 내가 보였던 태도를 짚어보게 되었다. 그 마음이 어디로 도망가는 것도 아닌데 과거의 나는 뭐가 그리 급했을까 하고.

돌이켜 보면 나는 시간만이 할 수 있는 그 일을 앞당길 수 있다고 생각했던 것 같다. 시간 같은 건 중요하지 않다고. 더 중요한 건 누군가를 좋아하는 마음이고, 그 마음만 있다면 믿음은 얻어질 수 있는 것이라고.

하지만 믿음이란 얼마나 많은 계절을 견딘 단어인지, 밤이를 보면 알 수 있다. 이불 위에서 장난치기도 하고 먹음직스럽게 익은 고구마를 나누어 먹기도 하는 그 평범한 일상과 수많은 밤과 낮이 모였을 때 마침내 우리는 같이 걸을 수 있다는 믿음을 가질 수 있다. 어제보다 조금 더 먼 곳까지. 그곳이 가본 적 없는 길이라 해도.

"산책 가자!"

윤주가 아무리 불러도 가만히 멈춰 서 있는 밤이를 본다. 그 눈과 나란히 눈을 맞추면, 좋아하는 마음만 있으면 된다고 여겼던 과거의 내 모습이 떠오른다. 참 어리석었다, 그치? 밤이의 머리를 쓰다듬다가 몸을 일으킨다. 내가 움직이자 밤이가 세상을 향해 다시 걸음을 떼기 시작한다. 언젠가 윤주와 밤이가 단둘이 산책할 수 있는 날이 올까? 더디더라도 그날이 오면 좋겠다. 우리가 정성껏 빚어낸 시간이 만든 믿음에 함께 감탄할 수 있게.

경주 산책

내일 경주에 비가 온대.

송이에게 도착한 메시지를 열어보니 날씨에 대한 걱
정이 담겨 있었다. 요 며칠 날씨가 흐리고 쌀쌀하더니
결국 비가 내릴 모양이다. 잠깐 아쉬운 마음도 들었지
만, 여행의 묘미는 예측하지 못한 것에서 발생하는 법
이니까. 운치 있게 비 내리는 경주를 상상하며 송이에
게 답장을 보냈다. 그래도 재미있게 다녀오자고.

그날 저녁, 배낭에 필요한 물건을 하나씩 챙기고 있
자니 여행에 대해서 떠올려 보게 되었다. 나에게 있어
여행은 평소라면 크게 신경 쓰지 않았을 것들을 중요

하게 생각해보는 것에서 시작된다. 이를테면 동선을 중심에 두고 하루 일정을 짠다든가, 그 지역에서 맛보면 좋은 음식을 골라본다든가, 타지에서 꼭 필요한 물건은 무엇일까 고민해보는 것처럼. 상황에 따라 그때그때 챙겨 가는 짐은 다르지만, 빼놓지 않고 챙겨 가는 게 있다. 바로 책과 노트이다. 언제 어디를 가든 나의 배낭 안쪽에 있는 그것들을 보고 있으면 나를 설명하는 어떤 말보다 이 두 사물이 훨씬 더 분명하게 나에 대해 드러내준다 싶다. 여행이 가져다주는 기분 좋은 감각들. 어느새 불룩해진 배낭에 간단한 세면도구와 우산을 넣고 지퍼를 닫았다. 경주에서의 하루를 고대하면서.

비 내리는 경주는 생각보다 춥고 어두웠다. 계획대로라면 첨성대와 대릉원에 가서 오후내 긴 산책을 즐길 예정이었지만, 심상치 않게 떨어지는 빗줄기에 마음을 바꾸었다. 우리는 상대적으로 실내 일정이 많은 황리단길에 먼저 가서 시간을 보내고 비 소식이 없는 다음 날 대릉원에 가보기로 했다.

송이와 나는 황리단길에 도착해서 식당에 들어가 점심으로 배추전을 먹고 경주에서 유명하다는 한 카페에 방문했다. 만개한 이팝나무를 한눈에 볼 수 있는. 우리는 그 나무의 꽃이 잘 보이는 곳에 나란히 앉아 사진을 찍기도 하고 이런저런 대화를 나누며 커피를 마셨다. 내일모레가 되면 잘 떠오르지 않을 것 같은, 소소한 기쁨으로 가득 찬 이야기를 말이다. 대화는 대체로 나의 질문에서 출발했다. 나는 그동안 듣지 못했던 송이의 근황을 궁금해하며 요즘 새롭게 배우고 있는 게 있는지, 회사 일이 너무 힘들지는 않은지 물어보았다. 그 말을 들은 송이는 최근에는 베이커리에 관심이 생겨 제빵 클래스를 등록했고 회사 일은 엇비슷하지만 힘들지는 않다고, 자신은 하룻밤 자고 나면 어느 정도 스트레스가 사라지는 편이라고 말해주었다.

어쩌면 나는 들뜨는 법 없이 한 걸음씩 건너가는 우리의 대화가 좋아서 계속 질문하는 걸지도 모르겠다. 나에게 있어 송이는 굳이 깊은 대화를 나누지 않더라도 같이 있는 것만으로도 이해받는 기분을 들게 하는 사람이고 어떠한 부담 없이 과거의 일도 말할 수 있는 사람이다. 자주 연락하고 만나지는 못하지만, 서로를 생각하는 마음만큼은 뿌리 깊게 자리하고 있다는 믿음을 주는 친구이기도 하다. 그래서인지 사소한 것이라 해도 나는 송이의 삶에 대해 듣는 것을 좋아한다. 캠핑 갔다가 뜨거운 바위에 텐트를 쳐서 고생했다는 이야기뿐 아니라 올해 계획이나 앞으로 무엇을 좀 더 배우고 싶은지 같은, 미래의 계획까지도.

나는 만날 때마다 조금씩 달라지며 흘러가는 송이의 삶이 좋고, 그에 따라 자연스레 송이가 관심을 두는 일이 달라지는 게 좋다. 해보고 싶은 것을 하나씩 실천해나가는 것도. 그리고 우리가 10년 동안 아주 천천히 서로의 달라진 이야기를 들을 수 있는 사이여서 좋다.

비가 차츰 잦아질 때쯤 우리는 바깥으로 나와 숙소 쪽으로 걸음을 옮겼다. 거리에 즐비한 상점을 구경하면서. 그때 한 가게가 눈에 들어왔다. 경주와 관련한 굿즈를 판매하고 제작하는 소품점이었는데, 그곳에서 나는 마음에 드는 편지지 하나를 발견했다. 경주의 문화재인 첨성대와 다보탑, 각기 다른 나무 이미지가 프린트되어 있었다. 나는 한창 물건을 구경하던 송이의 곁으로 가서 말했다. 오늘 저녁 숙소에 가서 여기에다가 서로 편지를 써주면 어떻겠냐고. 약간은 당황한 기색이었지만 송이는 나의 제안을 흔쾌히 수락해주었다.

우리는 숙소에서 먹을 로제 와인 한 병과 경주에서만 먹을 수 있다는 오이와 계란이 잔뜩 들어간 김밥, 크루아상을 누룽지처럼 납작하게 누른 간식을 사서 돌아갔다. 온돌처럼 따뜻한 숙소 마루에 음식을 펼쳐두고 영화를 보며 얼마 남지 않은 경주의 밤을 흠뻑 즐겼다.

잠들기 전, 송이와 나는 약속대로 서로에게 처음으로 건네는 편지를 썼다. 우리는 여행이 끝난 뒤 열차 안에서 그 편지를 열어보기로 했다. 더 잘 쓰고 싶은 마음에 문장 실수가 잦았지만, 그 자체로 진실일 마음을 눌러 담았다. 불완전해서 오히려 더 진심에 가까운.

　"아무래도 지우개가 있어야 했어……."

　동시에 나온 말에 웃기도 하면서 우리는 완성된 편지를 교환해 서로의 가방에 넣어두었다. 그 안에 어떤 진심이 들어 있는지 아직은 모르는 채로. 나란히 잠을 청했다.

경주 산책 — 3323년

경주 여행의 이튿날, 아침 식사를 위해 툇마루로 나서니 활짝 갠 하늘이 보였다. 공기 끝에선 여전히 서늘함이 감돌았다. 조금만 더 따뜻했으면 좋았을 텐데. 요즘 날씨는 도무지 가늠할 수 없다. 여름이 온 것처럼 덥더니 곧바로 성에를 걸친 듯 춥다. 반팔 티셔츠와 경량 패딩 사이를 오고 가는 나날들. 올여름에는 엘니뇨의 영향으로 폭우가 잦아질 예정이고 그로 인해 지구 온도도 더 높아질 것이라는데. 피부로 닿는 이 변화들이 서로에게 미칠 영향을 생각하면 벌써부터 아득해진다. 경주의 벚꽃 역시 온난화로 인해 개화 시기가 앞당겨져 사월 중순임에도 벚꽃을 좀처럼 찾아보기 어려웠다. 바로 직전, 기록적인 폭염을 겪고 있다는 태국의 소식을 접했기 때문인지 이러한 변화들이 더 무겁고 묵직하게 다가왔다.

　조식으로 제공된 단호박죽을 한 숟가락 떠먹었다. 햅쌀이 들어가 있어 식감이 무척 부드러웠다. 다른 접시에는 반으로 가른 호밀빵 샌드위치가 놓여 있었다. 단호박과 양상추, 호밀과 쌀. 언제든 구할 수 있다고 여기는 작물이지만, 어쩐지 이 식탁에 놓인 것이 당연하게 느껴지지 않았다. 그렇게 여겨서는 안 될 것 같았다. 벚꽃이 언제 피고 지는지, 어떻게 날씨가 변하고 있는지, 그 영향으로 어떤 식물이 더는 씨앗을 품지 않는지 잘 지켜보지 않는다면 지켜낼 수 없을 테니까. 무엇보다 나의 일상이 그 존재들 덕택에 흘러가고 있다는 사실을 잊지 않았으면 했다. 그래야 그들이 서서히 사라지는 걸 쉽게 받아들이지 않을 테고, 아주 작은 일이라도 할 수 있는 일을 찾아 나설 테니 말이다. 남은 샌드위치를 마저 먹고 오늘 보내게 될 경주의 시간을 귀하게 여기자고 다짐하며 길을 나섰다.

　첫 일정으로 도착한 첨성대는 기억보다 훨씬 컸다. 평생을 수도권에서 생활하며 고층 건물에 둘러싸여 있던 과거의 나는 첨성대가 그리 크지 않다고 여긴 것 같다. 별을 관측하는 기계들이 점점 더 거대해지고 정교해지는 걸 보면서 돌을 쌓아 올려 만든 첨성대를 상대적으로 투박하게 느낀 것 같고.

그러나 시간을 거슬러 다시 만나게 된 첨성대는 어느 때보다 기품 있고 단단해 보였다. 거친 비바람과 지진에도 무너지지 않고 1300년이 넘는 세월 동안 원형을 유지하고 있는 이 오래된 유적 앞에서 나도 모르게 존경심이 들었다.

첨성대는 한자 뜻 그대로 별을 보는 관측대이다. 농경 사회였던 역사를 돌이켜 볼 때, 별자리의 흐름을 읽어내어 날씨를 예측하는 게 무엇보다 중요했을 것이다. 그러나 이러한 실질적인 역할 외에 내게 강한 인상을 준 건 첨성대를 통해 하늘의 현상을 대했던 당시 사람들의 태도에 얽힌 이야기였다.

『삼국사기』를 분석하면 의외의 사실을 하나 알 수 있다고 한다. 바로 전쟁과 외교에 관한 기사보다 별자리 관측과 천재지변에 관한 기사가 월등히 많다는 것. 이는 천변 현상을 제왕의 권위와 관련하여 보는 관점에서 비롯된 것으로 당시 사람들은 홍수나 지진, 가뭄 등의 재해와 기묘한 자연현상을 왕이 행한 정치적 행보에 대한 응답이나 경고로 받아들였다. 다시 말해, 혜성의 관측 여부, 기후와 계절의 변화가 왕권에 영향을 미칠 수 있었다는 얘기이다.

지금에야 한 국가의 정책 타당성을 기상 현상과 연결 지어 말하는 건 어렵겠지만 적어도 환경 문제에 있어서는 다르게 살필 여지가 있지 않을까. 눈앞에 벌어지는 이상 기후와 자연재해를 별거 아닌 것으로 치부하는 게 아니라 우리가 행한 일의 결과로서 받아들이고 무엇이 문제인지 점검하고 응시하는 태도. 그것을 한 나라의 방향을 정하는 데 있어 가장 중요한 척도로 삼는 태도. 그 태도만큼은 오늘을 살아가는 나에게도, 우리 모두에게도 필요한 태도가 아닐까 하는 생각이 들었다.

첨성대를 빠져나오며 대릉원 쪽으로 발걸음을 옮겼다. 어느 방향으로 고개를 돌리든 너른 잔디밭이 펼쳐져 있었다. 내 어깨를 스쳐 지나가는 학생들과 색색의 돗자리를 펴고 앉아 있는 유치부 아이들. 그 광경을 묵묵히 지키고 있는 거대한 왕릉들. 죽음과 삶의 경계가 유연하게 풀어지는 이 자리가 이상하게도 아름답고 평화롭게 느껴졌다.

그리고 이어진 길의 어귀에서 나는 수령이 1300년이 되는 회화나무 앞에 섰다. 아득하기만 한 3323년을 떠올리면서. 그때가 되면 이곳은 어떤 모습이 되어 있을까? 과거의 흔적을 그대로 보존한 채 남아 있을 수 있을까? 어쩐지 너무 깊은 어둠을 바라보고 있는 듯한 기분이 들었지만, 그 안에 빠져 있지 않기로 했다. 오늘이 3323년으로 향하는 무수한 하루 중 겨우 하나라 해도, 지금 내가 할 수 있는 일이 먼지보다도 더 작은 일이라 해도, 그것을 행하는 쪽으로 걸음을 옮겨보고 싶었으므로.

지하철 작업실

누군가가 지하철에서 졸고 있는 나를 흔들어 깨웠다. 얼마나 잠들어 있던 걸까. 눈을 뜨니 옆자리에 한 아주머니가 앉아 계셨다. 당황스러움을 느끼기도 전에 어디까지 가냐고 아주머니가 물었다. 너무 깊이 잠들어서 내려야 할 곳을 지나칠까봐 걱정스러웠다고 했다. 나는 이대로 쭉 종점까지 가면 된다고, 휴대폰 알람을 맞춰두었으니 괜찮다고 대답했다. 몇 정거장 뒤 아주머니가 먼저 내리고 나는 가방에서 노트북을 꺼냈다. 목적지로 가는 동안 낯선 이가 건네준 사려 깊은 염려에 대해 기록해두고 싶었다.

노트북을 켜고 일기장 폴더를 훑어보는데, 몇 달 전에도 비슷한 일기를 써놓았던 걸 발견했다. 강의에 늦을 것 같아서 지하철에 급하게 뛰어 올라탔다가 출입문에 서 계셨던 할머니가 깜짝 놀랐다는 이야기였다. 할머니는 내가 문에 부딪혀 다치지 않고 안으로 들어와서 다행이라고 했다. 나를 염려해준 그 말이 어쩐지 마음을 울려서 짧은 일기를 써둔 거였다. 쫓기듯 글을 쓰거나 졸기 바빴던 이곳에서 모르는 이들에게 호의를 받아왔구나, 새삼스레 실감이 났다.

올해 나는 서울과 일산을 오고 가며 어느 때보다 바쁘게 지냈다. 내가 상주 작가로 근무하는 서점은 일산의 가장 외진 곳에 있었고 수업을 나갔던 학교는 서울 곳곳에 흩어져 있었다. 출퇴근 시간만 네 시간을 넘길 때도 많았다. 그런 날이면 집으로 돌아와 책을 읽고 글을 쓰려고 해도 잘 안 됐다. 잠깐 눈 붙여야지 하면 어느새 아침이었다. 다른 대책을 세워야 했다.

나는 지하철을 작업실처럼 써보기로 했다. 하나부터 열까지 내가 통제할 수 있는 사적인 공간에서만 글을 쓰던 평상시를 떠올린다면 어려운 계획처럼 보였다. 그래서 처음에는 부담되지 않는 선에서 본 것들을 그때그때 기록하는 것으로 시작했다. 간단한 메모나 인상 깊은 장면, 한 단락 정도의 줄글이 대부분을 차지했다.

차츰 글쓰는 호흡이 길어지자, 한 가지 루틴을 만들 수 있었다. 출근하면서는 한 편의 글을 구상하고 퇴근하면서는 그것을 완성해보는 것. 매번 성공하지는 못했지만, 한두 달이 지나고 넉 달이 되니 꽤 많은 초고가 쌓였다. 그렇게 모은 글을 고치고 다듬으면서 차근차근 작품을 완성했다. 간혹 무언가를 쓰지 않는 날에는 좌석에 앉아 꾸벅꾸벅 쪽잠을 자거나 이어폰을 끼고 보고 싶었던 영화를 몰아서 보았다.

이게 불과 1년 사이에 생긴 변화라니 믿기지 않았다. 작년까지만 해도 나는 지하철에서 글을 쓰는 일은 물론 매일 출퇴근하는 일상을 보내리라고는 생각지도 못했다. 자주 어두운 생각에 잠겨 바깥으로 나오는 걸 어려워했고, 가족과의 갈등을 떠올리면 답답했으며, 글을 쓰는 일은 아무런 진전이 없어 보였으니까.

무슨 생각해? 대화하다가 누군가 물어 오면 대답을 망설였다. 혼자만의 생각 속에서 내가 얼마나 스스로를 다치게 하고 있는지 가까운 이들이 알게 된다면 상처받을 것 같았다. 나를 둘러싼 것들과 잘 관계 맺고 싶었는데 그 관계가 주는 상처에만 깊이 빠져 있었다. 다른 건 보이지 않았다.

다행이었던 건 구태여 말하지 않았는데도 나의 심상치 않은 기척을 알아챈 이들이 그 속에서 꺼내주려 부단히 애썼다는 것이다. 그 시기를 겪으며 나는 나와 얽혀 있는 일에 끝까지 침잠하는 것보다 벗어나는 일이,

외부로 시선을 돌리는 일이 일상을 흘러가게 해준다는 걸 깨달았다.

나를 보는 게 아니라 세상을 보겠다는 자세를 갖추자, 그동안 두려워서 하지 못했던 일을 시도할 수 있게 되었다. 일기나 시를 쓰는 일부터 이력서를 쓰고 면접을 보는 일까지. 미뤄두었던 일을 성실히 하다 보니, 운이 좋게 올해는 서점을 비롯한 여러 곳에서 일할 수 있었다. 때로는 모든 게 버겁기도 했지만, 일정을 끝내고 지하철에 서 있을 때면 왠지 모를 안정감을 느꼈다. 그 감정은 혼자 있는 방 안에서는 경험한 적 없는 것이었다. 피로가 내려앉은 얼굴과 땀에 젖은 티셔츠, 고꾸라질 듯 목을 꺾으며 조는 사람들. 맞닿지 않으려고 해도 어쩔 수 없이 조금씩은 닿게 되는, 그러면서 나아갈 수밖에 없는 끈끈함은 이곳에서만 느낄 수 있는 것이었다. 열차가 터널을 지나면 지나는 대로, 강의 한복판을 건너가면 건너가는 대로 다 같이 흔들리며 도착할 수 있다는 게 위안이 됐다. 덕분에 나는 외부가 차단된 나의 방이 아니라 소음이 끼어들고 사람 냄새가 나는 세상 한가운데로 작업실을 옮겨 올 수 있었다.

또 무얼 써보지. 귓가를 울리는 열차의 쇳소리와 누군가와 열심히 통화하는 사람 가운데서 생각했다. 그저 한 번 스치고 나면 그만일 사람이 다치질 않길 바

라는 마음, 내려야 할 곳에 잘 내리라고 일러주는 마음
에 대해서도 곰곰 곱씹었다. 열차가 종점을 향해 가는
동안.

은행나무

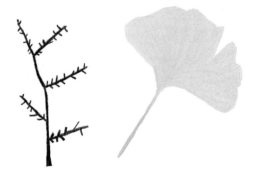

　여름이 남기고 간 일을 되새기며 산책로를 따라 걷다 보면 어느새 노랗게 물든 은행나무가 눈부시게 펼쳐져 있다. 매년 가을이 오기 전 혼자 하는 생각이 있다. 이번 가을에는 은행나무가 물드는 과정을 꼭 지켜보자는 다짐. 새치처럼 삐져나온 노란 잎을, 가을이 다가오며 매만지고 간 흔적을 말이다. 매년 그런 생각을 하는데도 나는 한 번도 은행나무가 물드는 과정을 본 기억이 없다. 단풍의 기적을 알아차렸을 때는 이미 완연하게 잎사귀가 물든 뒤다.

올해도 역시 다가올 가을을 고대하며 매해의 다짐을 곱씹다가 뉴스에서 은행나무 열매를 털어내는 기계를 보았다. 1분에 800번 파장을 일으킨다는 그 기계는 사람이 작업했을 때 두 달이 소요되는 일을 단 몇 분만에 뚝딱해냈다. 보도에 깔린 방수포 위로 시원하게 떨어지는 은행알. 작은 북소리 같기도 하고 텐트에 닿는 빗방울 소리 같기도 한 그 경쾌한 음이 좋아서 나는 영상을 몇 번이나 반복해서 보았다. 영상의 뒷부분에는 이렇게 한데 모은 은행알을 도시의 중금속 수치를 연구하는 기관에 보내 이상이 없을 시 경로당이나 복지관에 기증할 예정이라는 내용이 이어졌다.

그 이야기를 들으니 가을철만 되면 열매의 악취로 인해 들어오는 민원이나 불편함은 차츰 줄겠다는 생각이 들었다. 그러자 왠지 모르게 서운한 마음이 들었다. 은행알을 밟았을 때 풍겨 오는 냄새와 와그작 갈라지는 소리를 들으며 친구와 "나 은행 밟았어!" 하며 웃기도 하고, 어렸을 적 엄마가 한 알씩 까준 윤기 나는 은행알을 떠올리는 일도 희미해지지 않을까 싶어서.

새삼스레 은행나무와 얽힌 기억을 하나씩 건져 올려 보니 많은 장면이 딸려 나왔다. 엄마 손을 잡고 유치원 가던 길에 보았던 은행나무 군락과 반려견 아롱이와 낙엽을 밟으며 나섰던 첫 산책, 종일 글을 쓰다가 도서관에서 나왔을 때 보았던 은행나무 등 어떤 페이지를 펼쳐도 그 안에는 단단히 뿌리내린 나무가 곁에 있었다. 소란스럽지 않게 나의 일상을 호위하며.

그리고 잊고 있던 한 가을밤이 떠올랐다. 시인으로 활동을 시작한 지 얼마 되지 않던 시기였고 스스로에 대한 믿음과 자신감이 떨어져 있던 날이었다. 그날도 평상시와 다름없이 폐관 시간에 맞춰 도서관을 나와 하천길을 걷는데 벤치 하나가 눈에 띄었다. 잠시 그곳에 앉아 숨을 돌리다 밤하늘을 올려다보았는데, 어둠보다 짙은 잎사귀가 보였다. 그때 처음으로 아름다움의 뒤편에 있을 나무의 강인한 생명력에 대해 생각했다.

은행나무는 은행나무문에서 살아남은 유일한 종이다. 우리가 보는 은행나무 외에 다른 종은 전부 멸종했다는 뜻이다. 공룡을 비롯해 포유류와 인간이 진화하는 모습까지 지켜본 은행나무는 지구에서 번성한 생물들이 사라지고 다시 태어나는 순간을 묵묵히 지켜봤다. 그때도 지금과 같이 변함없는 모습으로.

죽음과 탄생의 반복. 번성과 쇠퇴의 반복. 그 광경을 가만히 응시했을 은행나무와 때마다 아름답게 물든 그 잎을 올려보았을 멸종된 동물의 눈망울을 상상하니 더할 수 없이 쓸쓸해졌다. 오래 사는 일도 사랑하는 사람의 죽음을 지켜보는 일도 자신이 없는 나였기에 더욱 그랬다. "강한 자는 살아남는다. 그러자 나는 내가 미워졌다"는 베르톨트 브레히트의 시구절이 잔잔히 번져갔다.

변하지 않을 것 같던 이 생각은 해가 바뀔수록 조금씩 달라졌다. 2억 년의 역사를 뒤로하고 오늘도 제자리에서 또 한 번 열매를 떨어뜨리는 나무를 보며 어떤 고귀함을 느꼈기 때문이다. 한 종의 기쁨과 슬픔, 절정과 몰락, 성장과 후퇴를 바라보면서도 삶을 살기를 멈추지 않는 능력은 누구에게도 배워본 적 없는 능력이었으니까.

그때 나는 힘이 닿는 데까지 살아보자고 다짐했다. 앞으로 내가 살아갈 날이 얼마나 남았는지 알 수는 없지만, 최대한 오래 살아보자고. 나를 둘러싼 세계를 글이라는 형태로 기록하면서 사랑하는 존재의 곁을 끝까지 지키자고 말이다. 언젠가 기억의 저장고를 탈탈 털었을 때 그때 그 사람의 시가 거기에 있었구나, 그 문장이 머리맡을 스치는 낙엽처럼 잠시 내 삶에 닿았었구나, 떠올려 볼 수 있도록. 그렇게 되려면 오래 살아야겠지. 계속해서 글을 쓰는 사람으로 남아야겠고. 허무와 슬픔에도 다시 자라는 능력 또한 키워야 할 테다.

아직 잎이 물들지 않은 나뭇가지 아래서 생각한다.

어떤 빛깔로 물들어가는지 이번에는 놓치지 않고 지켜
봐주겠다고.

내가 사는 동네

한 장소에 뿌리 깊은 기억이 있다는 건 어떤 걸까. 나는 평생을 도시에서 살았고 적당한 시기가 되면 지역을 옮겨 다니는 걸 당연하게 여겼다. 생활 반경이 바뀌어서 다시 일상을 꾸리는 일에도 두려움이 적었다. 어딜 걸어도 익숙하게 느껴지는 거리를 지나며 언제든 미련 없이 떠날 수 있을 것 같았다. 그 때문인지 이웃과 관계 맺는 일에도, 한 공간에 꾸준히 발걸음하는 일에도 무심했다. 이곳에 오기 전까진 말이다.

길을 잃기 좋은 곳이다! 처음 동네에 이사를 와서 지도 앱을 켜고 곳곳을 누비며 생각했다. 여느 도심지와 다르게 이 지역은 골목마다 느낌이 확연히 달랐다. 어느 곳은 소박한 상점으로만 거리가 형성되어 있어

한적한 시골 마을 같았고, 어느 곳은 시장이 들어서 있어 활기가 넘쳤다. 건축물을 보는 재미도 있었다. 바깥으로 나선형의 계단을 만들어둔 건축물이나 구 형태로 발코니를 낸 연식이 오래된 빌라까지, 과거와 현재를 아우르는 동네의 분위기가 특별해 보였다. 한동안은 삶의 터전이 될 공간을 알아가는 기분으로 매일 조금씩 더 멀리 나가보기도 했다. 어느덧 이곳에 거주한 지 4년이 넘어가는 지금, 내가 발견하여 사랑하게 된 장소에 대해 말해보고 싶다.

단골 서점은 비교적 최근에 알게 된 곳으로 여자 사장님이 혼자서 운영하는 곳이다. 여느 곳과 다른 점이 있다면 다양한 독립 출판물 외에도 사장님이 직접 만든 꽃 책갈피와 뜨개 책갈피를 저렴하게 살 수 있다는 것. 책을 살 때마다 도장을 찍어주기도 하는데, 대여섯 권 남짓 구매하면 무료로 커피를 내려준다. 서점 정중앙에 깔린 붉은 카펫은 서점에서 밤이가 가장 좋아하는 공간이다.

햇볕 빵집은 내가 일주일에 한 번씩은 꼭 방문하는 곳이다. 골목 깊숙이에 있어 근처를 오가는 사람이 아니라면 발견하기 어렵다. 내가 햇볕 빵집을 알게 된 것도 순전한 우연이었다. 평소에 다니던 산책길을 자꾸만

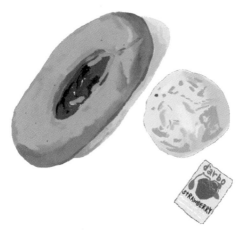

햇볕 빵집에서 사 온 빵들

벗어나는 밤이를 뒤따라가다가 모든 빵을 흰 종이로 섬세히 감싸둔 가게를 발견했다. 강아지가 들어가도 되는 곳인가 싶어 근처를 서성이던 내게 사장님은 문은 활짝 열어주었다. 빵은 다 포장해두었으니 편안하게 들어와도 된다고 말하면서.

본다이 바게트, 숙성 토마토 프레츨, 대성당 시나몬 롤, 슈톨렌⋯⋯. 사장님의 정성 어린 손길을 거친, 각기 다른 개성의 빵을 보는 순간 단숨에 매료되었다. 특히 빵과 얽혀 있는 이야기를 알게 되면서는 더 그랬다. 본다이 바게트는 노을이 지는 호주 해변의 기억을 떠올

201

리며 만든 것이었고, 대성당 시나몬 롤은 레이먼드 카버의 소설에서 모티프를 얻어 출시한 거였다. 욕심내지 않고 일주일에 하나씩 새로운 빵을 맛보고 있노라면 더 넓은 세계와 연결되는 것 같았다. 카버의 소설에 등장하는 부부가 빵집 주인에게 건네받은 빵을 먹으며 어떤 위로를 받았을지 헤아려보거나, 토마토가 터진 것처럼 붉은 노을이 지는 이국의 해변을 떠올리면서 말이다.

내 몸을 돌봐준 고마운 장소도 있다. 바로 우리 집에서 가까운 거리에 있는 정형외과로 작년 말, 나는 그 병원에 입원해서 목디스크 시술을 받았다. 꽤 오랫동안 재활치료를 받아야 했는데 물리치료실에 근무하는 선생님과는 느슨한 우정을 쌓기도 했다. 그 선생님에게 나는 걷는 법을 다시 배웠다. 지금처럼 걷다간 몸이 남아나지 않을 거라고, 뒤쪽으로 몸을 당기는 느낌으로 천천히 걸어보라고 했다. 커다란 거울 앞에서 내 몸을 살피며 어색하게 걸음 연습을 하던 날은 잊지 못할 장면이기도 하다.

한번은 내가 작가라는 걸 알고는 책을 추천해달라고 말씀하시기도 했다. 때로는 그림책을, 때로는 시집을 추천해드리면 다음번 재활 시간에 이번 책은 너무 어려웠다거나 표현하기 어려운 감정을 주제로 한 그림책이 신선했다고 짧게 감상을 전해주기도 했다.

생각보다 몸이 유연하니 뭐든 잘 배울 수 있을 거라고 용기를 북돋아준 것도 선생님이었다. 지금도 가끔 통증이 밀려오긴 하지만, 그런대로 무탈하게 올 한 해를 마칠 수 있었던 건 환자를 세심히 돌봐주는 그 병원과 선생님 덕분이다.

불어오는 낙엽 냄새가 좋은, 종종 밤이와 찾아가곤 하는 산책로 벤치에 앉아 생각한다. 아침에 일어나 허기가 밀려올 때 부담 없이 들를 수 있는 가게가 있다는 것. 몸이 아플 때 찾아갈 병원이 있고, 드문드문 안부를 나눌 수 있는 사람들이 있다는 것. 한 동네에 뿌리내린다는 건 그런 게 아닐까. 내 삶에 크고 작은 문제가 생기더라도 이곳이라면 잘 버틸 수 있을 것 같은 기분. 나는 아마도 이 동네에서 아주 오래 살게 될 것 같다. 떠난다는 생각만으로도 이토록 섭섭해지는 걸 보니.

내 글은 공룡

　내가 쓴 글이 작고 시시하게만 보일 때가 있다. 왜 이렇게 똑같은 말을 장황하게 늘어놨을까. 낯부끄러워 원고를 휙휙 넘긴다. 너무 많이 보고 또 본 탓인지 공들여 쓴 문장도, 처음엔 신선하다고 느꼈던 내용도 사소해 보인다. 쓰는 방식도 비슷해 답답하기까지 하다. 이럴 때는 안전거리 확보가 필요하다. 부족한 걸 보완하고자 자꾸만 문장을 매만지다 보면 글을 통째로 해칠 수 있기 때문이다. 부러진 뼈를 온전히 회복하기 위해 외력을 차단하듯이 내 글이 잘 완성됐는지 판단하기 위해서는 글로부터 잠시 멀어져야 한다. 최선을 다해 쓰는 시기가 있었다면 최선을 다해 멀어지는 시기도 필요한 법. 눈덩이처럼 불어나는 걱정은 가볍게 눌러두고 머릿속을 전환할 수 있는 무언가를 찾아야 했다.

그때 설치미술가 김범의 개인전 「바위가 되는 법」을 봤다. 나에게 김범은 호기심을 불러일으키는 인물이었다. 재작년 전시 도록을 전문적으로 파는 한 서점에서 『변신술』이라는 단행본을 발견한 적이 있다. 상아색이 도는 표지는 앞뒤로 스케치한 듯 보이는 손뼈와 아래턱뼈의 이미지만 있어 절제된 느낌을 줬다. 목차는 단출했고 각 장에는 다른 사물로 변신하는 방법이 적혀 있었다. 그것이 독특해서 나는 한 번씩 그 책을 들춰 보며 지냈다.

그의 새로운 책을 열어보는 마음으로 전시를 보러 갔다. 전시는 초입부터 흥미로웠는데, 캔버스를 다루는 방식이 특히 인상적이었다. 캔버스의 가능성이 어디까지인지 실험해보겠다는 듯이 오리고 꿰매는 과정을 통해 물성과 적극적으로 접촉하기도 하고, 재치 있는 지시문과 문구를 통해 한 편의 서사물을 보는 효과를 주기도 했다. 벽에 설치한 드로잉 작품을 보았을 때는 너무나 입체적이어서 벽에 구멍이 뚫린 것 같은 착각이 일었다. 김범이 캔버스를 다루는 방식을 살펴보면서 나 역시 어떻게 하면 더 다양한 방식으로 글을 쓸 수 있을까 고민해볼 수 있었다. 그러다 회화 작품 「노란 비명」의 제작 과정이 담긴 영상을 보게 됐다.

김범의 「노란 비명」은 복잡한 형상을 띠고 있지 않다. 각기 다른 채도를 가진 노랑 계열의 물감을 겹겹이 쌓아둔 느낌이다. 그러나 그림의 내막을 알고 나면 달리 보인다. 영상에 등장한 김범은 눈에 보이지 않는 비명을 그려보자고 한다. 자유롭게 물감을 택하고 캔버스에 붓 자국을 남겨보자고. 그는 레몬옐로우색 물감을 떠서 가로선을 긋는다. 그을 때마다 비명을 지른다. 긴 선에는 긴 비명, 짧은 선에는 짧은 비명이다. 그가 "아아아아아악!" 소리치자 관람객들 사이에서 웃음이 터진다. 선을 긋고 난 후 "이건 아플 때, 특히 누군가 팔을 뒤로 꺾거나 머리채를 잡을 때 나는 소리 같군요"라고 진중하게 설명할 때도 마찬가지다. 그걸 지켜보면서 나는 김범이 정말 재밌는 사람이라고 생각했다.

잡히지도, 보이지도 않는 비명을 어떻게 그릴 거냐는 의문 앞에서 붓 가까이에 입을 가져다 대고 비명을 지르며 힘차게 선을 긋는 것. 선을 그을 때마다 매번 다른 비명을 떠올리면서 개별적인 고통을 포함해가는 것. 자칫하면 무거워질 수 있는 주제를 유쾌하게 돌파하는 걸 보며 나는 해방감을 느꼈다. 작업의 결과물뿐만 아니라 그 과정도 그토록 동적일 수 있다는 걸 보았기 때문이다.

그동안은 왜 가만히 앉아서 조용히 글을 써왔을까.

김범이 그랬듯이 나 역시 비명을 지르며 글을 써볼 수도 있었을 텐데. 자물쇠를 잠그고 풀며 하나의 세계가 닫혔다가 열리는 감각에 대해 집중해서 써보고, "와하하하하!" 때마다 다르게 웃으며 즐겁고 흥미진진한 상황을 떠올려 볼 수도 있었을 텐데. 작품의 완성도를 높이는 데 골몰하느라 정작 과정에 대해선 살펴보지 못했다. 당장은 어렵게 느껴지더라도 여러 방식을 시도하며 유연하게 작품을 완성해봐야지 싶었다.

전시 끝부분은 사물과 인간의 자리를 뒤집어보는 것에 관심을 둔 것 같았다. 가령, 작은 의자에 사물들을 앉혀두고 티브이 화면을 통해 도구에 불과하다고 가르치는 설치 작품은 그 자체로 언어의 폭력성을 여실히 보여줬다. 또 다른 작품에서는 신선한 충격을 받기도 했는데 「자신을 새라고 배운 돌」을 실제로 나무 위에 얹어둔 것을 보면서 더 그랬다. 그래, 돌에게 매일매일 새라고 말해준다면, 어떻게 하면 잘 날아갈 수 있을지 일러준다면 돌도 새가 될 수 있겠지. 돌이 영원히 돌로만 남는 게 아니듯이, 한 사물의 가능성을 차단하지 않고 열어둔다면 그것이 무엇이 될지 누구도 장담할 수 없다.

그렇다면 별 볼 일 없어 보이는 내 글도 얼마든지 다른 것이 될 수 있지 않을까? 그것이 종이 위에 쓰인 글자일 뿐이라고 치부하지 않는다면 말이다. 그렇담 어떤 게 좋을까. 멋진 영화가 될 수 있다고 말해볼까? 아니면 어느 곳이든 신고 가볼 수 있는 신발이라고 말해볼까? 나열해보다가 내가 아는 가장 큰 존재인 공룡을 떠올렸다. 지금은 작디작아 보이지만 무한하게 자랄 수 있다고 말해주고 싶었다. 그러니 내 글은 공룡이다. 독자의 내면으로 들어가 광활한 대지를 쿵쿵 울리기도 하고, 지나간 자리에는 커다란 흔적도 남길 수 있는 공룡. 묵혀둔 원고 묶음을 생각하며 미술관을 나섰다.

영원히 자고 싶어요

올해 내가 맡았던 중학교 시 창작 교실의 마지막 시 간이었다. 한 학생이 참고자료 묶음 뒤에 문제집을 숨 겨두고 열심히 수학 문제를 풀고 있었다. 교탁에서 보 면 자신이 무얼 하고 있는지 훤히 알 수 있다는 걸 아 는지 모르는지. 나는 쫓기듯 문제를 푸는 아이를 그대 로 두었다. 시를 생각할 여유가 없는 아이에게 다 집어 넣고 시만 생각하라고 말할 수 없었다. 시는 아이의 마 음에 속해 있지 않았다.

내가 책상 사이를 돌며 거리가 점점 좁혀질 때마다 아이는 문제집을 책 뒤에 숨기고 백지를 그대로 펼쳐두 었다. 모든 학생과 대화를 나누고 마지막으로 그 아이 앞에 서서 눈을 맞추고 물었다. 혹시 쓰고 싶은 주제가 있느냐고. 머뭇거리던 아이는 아주 작게 대답했다. 영원한 잠에 대해 쓰고 싶어요. 나는 다시 물었다. 영원한 잠이요? 그건 어떤 건데요? 그러자 아이는 귓속말했다. 죽을 때까지 자고 싶다는 뜻이에요.

학생들과 수업하다 보면 소망이 담긴 문장과 자주 마주하게 된다. 숙제 그만하고 학원을 땡땡이치고 단 것만 실컷 먹고 싶다는 말. 평범하게 살고 싶지 않다는 말. 간단해 보이지만, 쉽지 않은 바람들. 그 말들 들여다보면 학생들이 짊어지고 있는 고단함이 느껴진다. 그러다 꼭 한 번씩 만나게 되는 소망은 잠에 대한 것이다. 아이들은 쓴다. 계속 자고 싶다고. 끝도 없이 자고 싶고, 평생 자고 싶고, 잠깐 깼다가 또 자고 싶다고. 그렇게 쓰고 벽에 기대 눈을 감고 있는 한 학생에게 물은 적이 있다. 공부하느라 잠을 많이 자지 못했느냐고. 나의 예상과는 다르게 그 학생은 대답했었다. 아니요. 고민이 사라지지 않아서 자는 거예요. 답이 없어요.

그때 무슨 말을 해줬다면 좋았을까. 나에게 죽음과도 같은 잠을 자고 싶다고 말하던 아이에게는 또 무슨 말을 해주었어야 할까. 그 답을 알기에는 나 역시 부족한 사람이지만 그것과 별개로 선생님이라는 호칭으로 불리는 사람으로서, 한 명의 어른으로서 무언가를 말해줘야 하는 건 아닐까. 그래도 작년에 했던 고민과 지금 하는 고민은 다르지 않으냐고, 어떤 고민은 시간이 지나면 저절로 사라지기도 하지 않냐고 말하는 대신 더 나은 말을 해야 했던 건 아닌지 후회됐다. 한마디 말로 누군가의 삶을 바꿀 수는 없겠지만, 아이의 마음에 움틀 수 있는 작은 씨앗이라도 건네줘야 했던 게 아닐까. 하나의 수업을 마무리 지을 때마다 시인으로서만 교실에 있는 건 부족해 보였다. 좋은 어른이어야 했다.

그렇지만 좋은 어른이라는 건 무엇일까. 나는 눈에 띄는 성공을 이루거나 삶의 길을 안내해주는 어른을 만난 적 없다. 다만, 어둠 속에서 주고받는 불빛처럼 서로의 이야기를 들려줄 수 있다는 이유만으로 위로가 되어준 사람들이 있었다. 그들은 내가 고민을 털어놓기 전까진 내 삶의 문제에 대해 함부로 말하지 않았다. 내가 조언을 구할 때면 자신이 거쳐온 시간에 대해서만 담담히 이야기해주었다. 그러고 난 뒤에는 큰 도움이 되지 못했다며 미안해했다. 한 선생님께 열심히 살아온 것 같은데 아무것도 이루지 못한 기분이 든다고 털어놓은 날, 그는 작별 인사를 하며 자신이 두르고 있던 스카프를 내 목에 걸어주었다. 사랑하는 사람들과 나눠 먹으라며 음식을 챙겨주기도 했다. 만났을 때보다 헤어질 때 더 따뜻한 사람들, 내가 상상할 수 있는 가장 따뜻한 어른은 그런 사람들이었다.

그렇다면 내가 아이들에게 해줄 수 있는 일도 다르지 않을 것 같다. 무엇이 그리 힘드냐고 채근하거나 일어나라고 흔들어 깨우는 대신 내가 거쳐온 시간에 대해서만 말하는 것. 언젠가 아이들이 내 삶이 궁금해질 때 찾아 읽을 수 있도록 글로 남겨두는 것. 그래서 전해보고 싶다. 나의 질문에 잠시 깨었다가 다시 벽에 기대 눈을 감은 아이에게, 그리고 영원히 자고 싶다고 귓속말했던 아이에게.

있잖아. 선생님도 아주 잠이 많은 학생이었어. 잊고 싶은 게 많았거든. 학교에서는 누가 흔들어 깨울 때까지 엎드려 잤지. 눈을 뜨면 마음이 너무 시끄러워서 견디기 힘들었으니까. 잠만 잔 것 같은데 어느새 졸업하고 대학에 입학하고 어른이 되어 있더라고.

어른이 되어서도 잠만 자고 싶을 줄 알았는데, 깨어 있는 것도 그리 나쁘지 않더라. 노력하지 않았는데도 친구가 생기기도 하고 싫었던 음식이 좋아지기도 했어. 뭘 하면 좋을까 고민하면서 이것저것 하다 보니 조금 더 해보고 싶은 일도 생기더라. 숨 쉬는 일처럼 힘들이지 않고 자연스럽게.

수업 시간에 선생님한테도 소망이 있다고 말했잖아. 함께 사는 강아지와 하루 세 번 여유롭게 산책하며 글을 쓰면서 생계를 이어갈 수 있는 삶을 살고 싶다고. 그런데 그때 말하지 못한 소망이 있어. 선생님이니까 그런 말은 하면 안 될 것 같았거든. 사실 선생님도 사는 거 그렇게 좋아하지 않아. 아직도 가끔 영원히 자고 싶다는 생각을 해. 그렇지만 자꾸 깨어나 보려고 노력하고 있어. 궁금한 게 하나 생겼거든. 맛있는 음식을 먹어서가 아니라, 사랑하는 사람들이 곁에 있어서가 아니라 내가 살아 있다는 이유만으로 온전히 기쁠 수 있는지, 나에게도 그런 날이 올지 기다려보고 싶어. 잠으로 도망치지 않고 삶과 대면하면서. 언젠가 그날이 온다면 잘 살았다고 스스로 자랑스럽게 말해줄 수 있을 것 같아.

그러니 자꾸 깨어나자. 삶을 좋아할 기회를 스스로 건네주자. 선생님도 그렇게. 깨어 있을게.

그날 수업이 끝나기 전, 영원히 잠을 자고 싶다는 아이와 시의 마지막 연을 완성했다. 잠을 자는 것 외에 어떻게 하면 마음이 조금이나마 편안해질 것 같냐는 나의 물음에 아이는 종이에 글을 쓰기 시작했다. "서로가 서로에게 기둥이 되어줄 수 있을 때"라고. 나는 그걸 결구로 두자고 했다. 아이는 고개를 끄덕였다. 시계를 보니 시 쓰기를 마칠 시간이었다. 나는 아이에게 말했다. 이제 시가 다 완성되었다고. 정말 잘했다고.

4부

넘어지지 않기 위해 우리는
서로를 꽉 잡으며 나아갔다

버터가 들어간 따뜻한 커피

몸의 용도

　반려견 밤이는 내 무릎을 턱을 괴는 데 쓴다. 주변에 푹신한 베개나 소파의 팔걸이, 기대기 좋은 구조물이 있을 때도 그렇다. 영락없이 나의 무릎은 가장 훌륭한 첫 번째 선택지가 된다. 동그랗게 솟은 무릎과 쭉 이어지는 뼈를 만져본다. 생각보다 단단해서 도무지 편할 것 같지 않은데 눈을 지긋이 감고 곤하게 코를 고는 밤이를 보면, 나도 모르는 비밀스러운 힘이 내 무릎에 있는 건 아닌가 상상하게 된다.

　이뿐인가. 바깥의 풍경을 보고 싶을 때, 더욱더 귀 기울이고 싶은 흥미로운 소리가 들려올 때 밤이는 재빨리 나를 딛고 오른다. 앞발을 창가 쪽에 두고 넘어지지 않게 온몸의 균형을 잡으면서 용감하게 세상을 응시한다. 그때 내 무릎은 이 세상 어디에서도 볼 수 없는 하나뿐인 계단이 된다. 한 존재의 높이와 세상의 높이가 맞도록 약간의 도움을 주는.

나는 일상에서 물 주름처럼 튀어 오르는 이런 순간을 무척 좋아한다. 혼자였다면 내가 내 무릎을 베개로, 계단으로 쓸 생각을 할 수 있었겠는가? 밤이가 있기에 때때로 비가 오는 날 외투 입은 나의 몸은 우산이 되기도 하고 더운 날 작은 그늘이 되기도 한다. 이처럼 사랑은 한 존재의 몸을 창의적으로 뒤바꾸고, 기꺼이 사용하게 만들며, 그로 말미암아 세상과 새롭게 만나게 한다. 무릎에 오른 밤이의 무게를 온전히 느끼며 혹여나 균형을 잃고 쓰러지지는 않을까 몸을 잡아주던 일. 손가락 끝에 동그랗게 맺히던 힘과 반대로 활짝 편 손이 만들어내던 부드러운 차양. 그 오목한 감촉들은 평평한 일상을 지탱하는 밤이와 나만 알고 있는 잔잔한 무늬일 테다.

그리고 그 무늬를 거슬러 올라가면 하나의 기억과 닿는다. 어린아이였을 적 나는 아빠를 무척 따랐다. 외출하는 법 없이 주말을 조용히 보내고 싶어 하는 엄마와 달리 아빠는 늘 바깥을 향하는 사람이다. 지금도 아빠는 내가 사는 집에 놀러 왔다가도 얼마 지나지 않아 어딘가로 사라진다. 당황스러운 마음에 전화를 걸면 우리 동네에 존재하는지 몰랐던 목욕탕에 가 있다든가, 다른 동네의 빵집에서 달달한 단팥빵을 사서 이리로 오는 중이라고 답한다. 세상을 향한 지칠 줄 모르는 궁금증이 내 안에 있던 시절 어쩌면 누구보다도 활기로 가득 차 바깥을 탐색하는 아빠를 따랐던 것은 어느 정도 예견된 일이었을지도 모르겠다.

아빠와 했던 수많은 일 중 가장 좋았던 한 가지는 산에 가는 것이었다. 우리는 새벽같이 일어나 오이나 당근, 사과 같은 간단한 요깃거리에 따뜻한 보리차를 챙겨 등산에 나섰다. 비교적 가까운 거리에 있던 칠보산, 북한산부터 강원도에 있는 설악산까지 가보고 싶은 산이 있다면 지역을 가리지 않고 함께 떠났다.

특히 기억에 남는 것은 칠보산이다. 칠보산은 동네에 있어 부담 없이 언제든 갈 수 있었다. 소나무를 중심으로 이루어진 청량한 수림과 완만하게 펼쳐진 능선. 곳곳에 형성된 자연 습지는 도시에 살던 내가 유일하게 마음 편히 뛰어다닐 수 있는 곳이자 동물원이 아닌 곳에서 동물과 만날 수 있는 몇 안 되는 장소였다. 머리위로 날아가던 곤줄박이와 박새, 다람쥐와 청설모. 민첩하게 공중과 땅을 부지런히 오고 가던 그들을 관찰하며 아빠와 산에 오르던 그 계절들은 내 안을 살찌워 몸의 한 부분을 차지하고 있다.

한번은 칠보산으로 겨울 산행을 나선 적이 있었다. 한파주의보가 있던 날이었고 전날 밤 줄곧 눈이 내린 것을 알았기에 아이젠을 챙기고 두툼한 옷을 껴입는 등 만반의 준비를 하고 길을 나섰다. 그러나 눈 덮인 산길은 예상보다 훨씬 거칠고 험했다. 새하얗게 덮인 눈으로 등산로와 샛길을 구분하기 어려웠고 푹푹 발밑이 꺼져 땀과 눈으로 신발 안쪽이 젖어들었다. 서둘러 발길을 틀었으나 이미 양말까지 젖어 뼛속 깊이 발이 시렸다. 얼마간 통증이 밀려오더니 마침내 감각을 잃었을 때 아빠가 황급히 나를 등에 업고 산을 내려가기 시작했다. 이따금씩 걸음을 멈춰 껴입은 옷의 지퍼를 내려 꽁꽁 언 내 발을 겨드랑이 안쪽에 넣어 녹이면서. 따뜻한 피에서부터 시작되었을 그 온도는 아빠의 몸이 낼 수 있는 가장 따뜻한 온도였을 거라고, 지금까지도 나는 생각한다. 그때 아빠의 몸은 추위로부터 어린 딸을 지키는 작은 움막이자 살얼음 낀 잎을 녹이는 볕이었다.

집으로 돌아온 후 엄마는 내 상태를 보고 한겨울에 나를 산으로 데려간 아빠를 나무랐다. 아빠는 별다른 대꾸도 하지 못한 채 몇 번이고 나의 발가락이 괜찮은지 확인했다. 손으로 쓰다듬고 미안해하면서 두툼한 이불을 덮고 노곤해진 내가 잠들 때까지 곁을 지켰다.

　때때로 동물도 등산객도 보이지 않던 그 춥고 고요한 겨울 산이 떠오른다. 거칠게 호흡하는 아빠의 숨소리와 발소리, 그 아래서 눈 바스러지는 소리만이 어렴풋이 들려오던 겨울 산. 추위가 추위를 갱신하던 그해 아빠는 내게 사랑하는 존재를 위해 몸을 내어주는 것이 어떻게 해서 가능해지는 것인지, 그 온기는 한 존재를 따스하게 덥고도 남을 만큼 얼마나 강한지 보여주었다. 그 기억을 스웨터처럼 입고 오늘도 여지없이 무릎에 기댄 밤이의 털을 쓰다듬는다. 부드럽고 고요하다. 눈을 맞추면 밤이는 혀로 내 입술을 조심스레 핥아준다. 때로는 눈가를, 때로는 뺨을. 이 온기를 느끼며 혹독한 겨울, 사랑하는 존재를 위해 내 몸이 어떻게 변모할 수 있을지 궁리해볼 참이다.

엽서들

오랜만에 만난 친구 윤주에게 엽서를 선물 받았다.
은색 틴케이스를 여니 파랑지빠귀가 인쇄된 엽서가 보
였다. 그 뒤로 미국황금방울새, 검은눈방울새, 두건꾀
꼬리, 과수원찌르레기……. 이국적인 생김새의 새들이
저마다 다른 나무에 앉아 있었다. 이렇게 예쁜 건 카메
라로 찍어야 해! 내 반응에 선물을 준 윤주도 뿌듯해
보였다. 나와는 다르게 윤주는 꼭 필요한 물건만 신중
히 구매한다는 걸 알고 있었기에 더 고마운 선물이었
다. 어디로든 여행을 떠나고 싶은데 도저히 일정이 나
지 않는다는 내 말을 담아두고 있던 걸까? 열대과일
같은 색감의 새들을 보니 잠시나마 먼 나라의 숲을 떠
올려 볼 수 있었다. 테이블에 펼쳐두었던 엽서를 모아

다시 틴케이스에 담으며 윤주에게 말했다. 이 엽서를 쓰게 되면 첫 편지는 너에게 주겠다고.

엽서의 매력은 누군가에게 전하고 싶은 이야기를 한 컷의 이미지와 필체로 보여줄 수 있다는 점이 아닐까. 문장을 쓸 공간이 한정돼 있어 하고 싶은 말을 고르고 골라야 한다는 점도. 꾹꾹 눌러쓴 그 문장들에 실린 마음은 측정하기 어려운 깊이를 지녔을 것이지만, 종이는 그 모든 수심을 안을 수 있다. 아주 가뿐하게 어디든 날아갈 수 있을 것 같은 낱장의 형태로.

그것이 좋아서 초여름에는 작은 엽서 묶음을 가방에 가지고 다니곤 했다. 성냥갑 같은 종이 상자 안에는 아이슬란드에서 찍은 사진엽서가 들어 있었다. 빙하에서 흐르는 맑고 푸른 물과 설원을 배경으로 둔 목가적인 집들, 오로라, 검은 밤과 순록들. 내가 원한다면 카페에서도 지하철에서도 간편하게 그 풍경을 꺼내 볼 수 있었다.

그동안 많은 엽서를 샀지만, 종종 들르곤 하는 동네 서점 시나브로에서 그 엽서 상자를 발견했을 때 나는 그냥 지나칠 수가 없었다. 친구들에게 그 풍경을 한 장씩 나누어주고 싶다는 마음이 컸기 때문이다. 이따금 사랑하는 이들에게 빛나는 한 장면을 내어주는 일. 평범할지라도 지금 건네고 싶은 말을 미루지 않고 적어두는 일. 그렇게 한 장씩 천천히 나눠주다 보면 마침내 종이 상자가 텅 비는 순간도 찾아오겠지.

윤주가 준 엽서 케이스의 뒷면에는 생산 시기를 나타내는 2007이라는 숫자가 적혀 있었다. 이렇게 오래된 걸 어디서 샀어? 내가 묻자 윤주는 연희동의 숨겨진 빈티지숍에 갔다가 발견한 거라고 했다. 유럽으로부터 건너온 별자리 지도와 우표들 사이에서 이 틴케이스가 한눈에 들어왔다면서.

엽서를 선물 받은 그날 저녁에는 주변 사람들에게 건네받아 꾸준히 모아온 엽서 뭉치를 뒤져보았다. 아주 가까운 이들에게 받은 것부터 낭독회에서 처음 만난 독자에게 받은 것까지, 내용도 크기도 색깔도 어느 것 하나 겹치지 않는다는 게 신기했다. 몇 년 전 한 학생에게 받았던 엽서에는 첫 낭독회를 축하한다고, 내 글을 읽으면서 큰 위안을 받았다고 쓰여 있었다. 이렇게 많은 사람에게 마음을 받아왔구나. 저마다 다른 필체로 쓰인 엽서들을 보며 생각했다.

엽서 뭉치에는 그동안 윤주가 내게 써주었던 엽서도 몇 장 끼어 있었다. 다시 꺼내 읽어보니 윤주가 버릇처럼 사용하는 문장이 보였다. "그동안 나와 지내는 게 어땠니?"라고 묻는 문장. 윤주는 짧게 인사를 건넨 다음 항상 그 문장으로 편지를 시작했다. 내가 그 버릇에 대해 말해주자 정작 자신은 왜 그 말을 쓰는 건지 잘 모르겠다고 했지만, 나는 어쩐지 우리가 함께하는 시간이 기쁘길 바라는 윤주의 마음이 어렴풋이 느껴지는 것 같았다. 어디로 가자고 말하기 전에 어디로 가고 싶냐고 먼저 묻는 윤주이기에 내 멋대로 그렇게 생각했는지도 모르겠다.

틴케이스를 열어 파랑지빠귀가 그려진 엽서를 골랐다. 먼 옛날 파랑새는 겨울이 끝나고 봄이 왔음을 알려주는 길조로 여겨졌다는 이야기가 떠올랐기 때문이다. 윤주가 이 편지를 읽을 때만큼은 행운과 평안함 속에 있길 바랐다. 그동안 일만 하느라 한 번도 해외여행을 가본 적 없다는 윤주가 이참에 다른 곳으로 훌쩍 떠나기도 하고 더 먼 곳에 있는 풍경도 담아 올 수 있다면 좋겠다고 생각했다. 그리고 아직은 아무것도 쓰이지 않은 뒷면에 연필로 첫 문장을 적었다. 오늘 너와 만나 기뻤다고, 너도 그랬기를 바란다고.

꽃님과 나

친애하는 동료 김꽃님 작가에게 개인전 「고요함이 찾아올 때면」의 전시 스케치를 부탁받았다. 전시 장소인 사당의 한 꽃집에서 만나기로 했는데 약속 시간보다 조금 일찍 도착해 근처 디저트 가게에 들렀다. 촉촉하게 구워진 에그타르트와 표면에 설탕을 덧입힌 파운드케이크, 꿀 스콘을 골라 포장 상자에 담았다. 그 달짝지근하고 넉넉한 빵들이 꽃님의 피로를 덜어주길 바라면서 가게를 나섰다. 꽃집으로 향하며 이번 전시를 열기까지 보이지 않는 곳에서 노력을 기울였을 꽃님을 떠올렸다. 그동안 우리가 나누었던 글과 그림에 대해서도.

그림 작가인 꽃님과 글 쓰는 나는 지난봄부터 '네 편

의 편지'라는 이름의 메일링 서비스를 함께 꾸려왔다. 나와 꽃님 사이에 특별하다고 할 만한 것이라면 우리가 몇 년 전 한 모임에서 만나 사람들에게 대화록과 신작 그림, 에세이를 보내자는 큰 계획을 세우면서도 정작 서로에 대해 아는 건 별로 없었다는 점이다. 정말 그랬다. 꽃님과 나는 작년까지 서로가 몇 살인지, 어떻게 하다가 그림을 그리게 되었고 글을 쓰게 되었는지 알지 못했다. 협업해도 괜찮을 만큼 얼마나 성향이 다르고, 비슷한지도. 꽃님이 나에 대해 아는 건 내 이름으로 출간된 몇 권의 책뿐이었고, 마찬가지로 내가 꽃님에 대해 아는 건 꽃님이 그린 그림이 전부였다.

그런데 이상하게도 그것이면 되었다는 생각이 들었다. 작품을 통해 그 뒤에 선 사람까지 보려고 하는 건 좋은 태도만은 아니라는 걸 알면서도 그런 시선이 끼어들려고 할 때마다 꽃님의 그림은 그 모든 경계 짓기를 무색하게 했다. 꽃님의 작품은 나를 밀어내지 않고 포용했다. 단정한 제목과 함께 분할된, 혹은 여러 캔버스에 걸쳐 진행되는 장면과 이야기는 오히려 나를 성큼 캔버스 안으로 들어가게 했다.

그 감각이 어디서 기원하는 것인지 궁금해 꽃님의 작업물이 축적된 아카이브를 처음부터 끝까지 살펴본 적이 있었다. 어디까지나 나의 감상일 뿐이지만, 꽃님의 그림은 스스로 희미해짐으로써 타인이 건너올 자리를 마련하고 있는 듯 보였다. 내가 좋아하는 연작 그림 중 하나인 「초라한 마음의 고백」은 방에서, 공중전화 부스에서 각각 전화를 받는 인물이 등장한다. 수화기 너머로 어떤 대화를 나누고 있을지 추측하고픈 마음에 시선은 인물의 얼굴로 쏠리게 되지만, 표정은 텅 비어 있다. 짐작은 무의미해진다. 그리고 그것이 무의미하다고 느낀 순간 비어 있는 표정에 과거의 내 얼굴을 덧입히게 된다.

만약 꽃님이 분명한 감정을 드러내기 위해 인물의 표정을 가득 채워두었다면 불가능한 일이었을 것이다. 그 자리를 희미하게 지워두었기에 나는 아프게 이별했던 순간이나 날카로운 언쟁, 그 끝에 더 이상 마음이 닿지 않으리라는 걸 알면서도 꺼낼 수밖에 없었던 초라한 진심들을 떠올릴 수 있었다. 까맣게 잊고 있었는데, 잊으려고 버린 기억들인데 그림을 따라가다 보면 어느새 올올이 묻은 마음이 보였다. 다른 사람은 모르지만, 나는 단번에 짚을 수 있는 내 옷소매의 얼룩처럼.

전시가 열릴 꽃집에 도착하니 여러 겹으로 포장된 그림이 벽에 기대어져 있었다. 꽃님은 크기도 무게도 상당한 그 작품들을 모두 용달차에 싣고 왔다고 했다.

능숙하게 포장지를 벗기고 줄자와 못과 망치, 수평계를 들고 작품이 걸릴 위치를 세심하게 가늠하는 모습을 보니 그동안 모든 일을 척척 해왔던 꽃님이 대단하게 느껴졌다. 꽃님과 꽃님의 친구는 힘을 합쳐 그림을 바로 걸고, 망치질하고, 그림이 걸릴 벽의 틈새를 아크릴로 깨끗이 메웠다. 나는 전시가 완성되기까지의 과정을 이후에 사람들과 나눌 수 있도록 카메라로 담아두었다.

고심 끝에 캔버스를 다 배치하고 나니 그림과 전시 공간인 꽃집이 잘 어우러진다는 생각이 들었다. 바깥에서 보면 유리창을 통해 그림이 비친다는 점도 그랬지만, 꽃과 화분이 공간의 전체적인 분위기를 생동감 있게 만들어주는 것 같았다. 유리의 투명한 물성과 푸릇한 색감의 조화가 아름다웠다. 마지막으로 꽃님과 꽃님의 친구는 작품 앞 구조물에 어떤 꽃을 둘지, 천장에는 어떤 행잉 플랜트를 걸지 정했다.

나는 개인전의 첫 번째 관람객이 된 기분으로 다시 작품을 둘러보았다. 눈의 지형인지 아득한 물결인지 정확하게 알 수 없는 물질을 사이에 두고 어느 한곳을 바라보는 남녀와 광활한 자연, 잠시 헤드폰을 벗어두고 숲의 소리에 귀를 기울이는 사람, 무슨 이유에서인지 스노클링 장비를 하고 갓길을 따라 달리는 사람. 꽃님이 캔버스 안에 붙잡아둔 그 인물들이 낯설게 다가오지 않았다. 언제 어디선가 한 번쯤 만나본 것도 같아서.

전시 준비가 끝나고 미리 사두었던 디저트 상자를 꽃님에게 건넸다. 꽃님은 다 같이 나눠 먹고 싶어 했지만, 꽃님의 친구와 나는 전시를 준비하느라 가장 고생한 꽃님이 그것을 다 챙겨 가길 바랐다. 결국 꽃님은 그 상자를 들고 꽃집을 나섰다.

우리는 얼마 안 가 모퉁이에서 헤어졌다. 각자 일정이 있었고, 가는 방향이 달랐기 때문이다. 다음에 꼭 같이 밥 먹어요, 꽃님과 나는 인사했다. 우리 사이에 선선한 바람이 들게 하는 그 담백함이 각별했다.

괜찮다는 느낌

마감을 끝낸 한적한 오후, 늘 가던 카페에서 시간을 보내는데 맞은편에 앉아 있던 아주머니가 내게 물었다. 낯선 사람들이 오가는데도 한 번도 짖지 않는 게 신기하다고. 어떻게 하면 밤이처럼 안정적인 강아지로 키울 수 있느냐고 말이다. 강아지를 입양하고 싶어서 유기동물 보호소에서 봉사활동을 하고 있지만 집을 비우는 시간이 많아 아직은 엄두가 나지 않는다고도 했다. 적당한 답을 고르던 나는 그저 밤이가 좋은 강아지인 것뿐이라고 답했다.

아주머니와 그런 대화를 나누고 집으로 돌아온 날, 어쩐지 마음 한구석이 찜찜했다. 건너온 질문도 나의 대답도 어딘가 어긋나 있는 듯한 느낌. 만약 우리가 질문을 달리하여 대화를 나눴다면 어땠을까. 한 존재가 다른 존재를 보살피는 것에만 주목하기보다는 서로 다른 두 존재가 어떤 삶을 꾸려가고 있는지 궁금해했다면. 우리와는 생김새도, 세상을 이해하는 방식도 다른 존재와 함께할 땐 어떤 걸 살피고 배워야 하는지 말했다면 더 좋지 않았을까.

밤이는 누구보다 바깥을 궁금해하고 좋아하는 강아지다. 아파트 단지 앞에 있는 공원부터 놀이터, 전봇대, 동네 책방과 냇가의 징검다리까지 냄새를 맡으며 가보고 싶어 하는 장소가 많다. 따라 걷다 보면 돌아갈 길이 막막할 만큼. 하루에 세 번 밤이의 발걸음을 따라서 이루어지는 산책은 누군가에겐 한 번쯤 넘어가도 되는 일로 느껴지기 쉽지만, 그렇게 생각해서는 곤란하다. 나의 냄새가 묻어 있는 옷가지나 이불 위에서 긴 하루를 견딘 밤이가 유일하게 세상과 만날 수 있는 순간이기 때문이다.

도서관에 처음 출근했던 날이 떠오른다. 열한 시간 남짓 외출했다가 돌아왔더니 집이 쑥대밭이 되어 있었다. 벽지와 방충망은 뜯겨 있었고 소파는 내부를 훤히 드러내고 있었다. 그 흔적을 정리하면서 나는 밤이에

게 홀로 남겨진다는 게 어떤 의미인지 이해했다. 아무
도 오지 않을 수 있다는 공포에 가까운 불안까지도.

그 이후부터 나는 밤이와 오랜 시간을 보내기 위해
되도록 어디든 함께 다닌다. 카페나 책방 같은 일상적
인 곳을 갈 때도 반려동물이 갈 수 있는지 미리 살피고
양해를 구한다. 밤이에게 내가 사랑하는 친구들도 자
주 소개해주는 편인데, 오래도록 알고 지낸 친구부터
비교적 최근에 알게 된 지인까지 밤이가 모르는 이는
그리 많지 않다.

같이 약속에 가다 보니 의외의 좋은 점도 알게 됐다.
평소와 크게 다를 게 없는데도 밤이가 있으면 분위기
가 더욱 나른하고 부드러워진다는 것이다. 사람들 사
이를 가볍게 넘고 다니며 머리나 배를 쓰다듬어달라고
요청하는 밤이 덕분에 말이다. 그래서 아직 서로에 대
해 충분히 알지 못해 편안하지 않은 사람과 만나도 두
려울 게 없다. 굳이 말을 고르지 않아도 눈앞에 있는
존재로 인해 대화는 유연하게 흘러갈 테니.

이렇게만 보면 밤이와 지내고자 많은 걸 감수하고
있는 것처럼 보이겠지만 꼭 그렇지만도 않다. 밤이 역
시 나의 바뀐 삶을 이해해주고 있으니까. 날이 갈수록
바빠지는 탓에 혼자 있는 시간이 늘고 있지만 밤이는

전처럼 무언가를 뜯거나 부수지 않는다. 어떻게든 함께 있으려는 나의 노력을 믿고 기다려준다. 다른 이는 몰라도 내가 소개해준 사람에게는 선뜻 곁을 내어주기도 한다.

지난 8년간 밤이와 쌓아온 시간을 보고 있으면 몇 문장으로는 정리될 수 없는 감정이 든다. 뭐랄까, 어디서도 본 적 없는 방식으로 믿음이 자란다고 할까. 나 자신을 비롯하여 다른 존재와 마음을 다해 소통하는 건 불가능한 일일지 모르겠다고 여겨온 내게 밤이는 서로를 향한 꾸준한 행동만으로도 어떤 이해에 도달할 수 있다 알려준다. 킁킁 냄새를 맡으며 오늘도 자신만의 방식으로 나의 기척을 살피는 밤이. 그 눈과 마주하면 믿어보고 싶은 게 자꾸 생긴다.

밤이와 살면서 수많은 산책을 했지만, 가장 기분 좋은 순간을 꼽으라면 바로 이때일 것이다. 걸음걸이부터 가고자 하는 방향까지 모든 것이 맞춘 듯 흘러갈 때. 속도가 달라 걸음이 엉키거나 가고 싶은 곳이 달라 각자의 방향을 주장하지 않아도 나란히 걸을 수 있다는 감각이 드는 순간. 너는 너이고 나는 나인 채로도 꽤 괜찮다는 느낌. 그런 감각을 몸으로 기억하고 있으면, 일상에 지쳐 아무것도 보고 싶지 않은 날에도 바깥으로 나가 몇 걸음은 더 걸어볼 수 있다. 나보다 작으면서 오토바이가 지나갈 때는 보호해주려고 하고 여기까지는 와도 괜찮다는 듯이 뒤를 돌아 날 바라보는 밤이의 눈빛이 거기에 있으니까.

크리스마스의 기억

옷장에서 작년에 입었던 코트를 꺼내 입은 탓일까. 크리스마스의 기억이 떠올랐다. 지난해 나는 크리스마스를 앞두고 광주에 갔었다. 친구가 금남로에 있는 신기한 카페에 대해 말해준 것이 계기였다. 그 카페는 다른 곳과 다르게 여는 날이 매번 바뀌었다. 정해진 영업시간도 없었다. 사장님의 판단에 따라서 이른 오후에 잠시 열기도 했고 며칠씩 문을 닫기도 했다. 거기에 가려면 항상 인스타그램 공지를 확인해야 한다고, 그렇지 않으면 헛걸음하기 일쑤라고 했다.

그러던 어느 날, 친구에게 연락이 왔다. 크리스마스 날 일전에 이야기한 그 카페에서 작은 공연이 열린다는데 같이 가지 않겠냐는 제안이었다. 공지된 포스터를 보니 다음과 같이 적혀 있었다. **크리스마스 밤, 시를 쓰고 노래하는 한 남성이 찾아옵니다. 깊은 우물 안에서 그는 힘껏 목소리를 베풀어 노래합니다.** 남자가 그동안 어떤 음악을 해왔는지 적기보다는 그가 부르는 노래를 묘사한 문장을 읽으니 호기심이 일었다. 어떤 음향 기기도 없이 몸의 가장 깊은 곳에서 소리를 끌어내 노래하는 남자의 목소리는 어떨지 궁금했다. 그래서 나는 그 카페에 가보기로 했다.

겨울의 광주는 온통 새하였다. 기록적인 폭설로 도로와 거리에 내린 눈을 다 치우지 못해 곳곳에 눈 더미가 쌓여 있었고 가로수 밑을 지날 때면 나뭇가지에서 떨어진 눈에 머리칼이 젖었다. 넘어지지 않도록 조심조심 걷는 사람들을 지나 버스에 올라탔다. 어느새 주위는 어둑해지고, 우리는 목적지에 내렸다. 공연 시간까지는 아직 여유가 있었다.

셔터가 굳게 내려진 상점을 뒤로하고 골목에 들어서니 주황색 불빛이 거리로 흘러나오는 게 보였다. 우리는 그 빛을 따라 안으로 들어갔다. 카페의 규모는 생각보다 작았다. 그렇지만 한눈에 봐도 이 공간이 어떤 애정으로 가꾸어져왔는지 느낄 수 있었다. 벽에는 사장님이 손수 그린 그림과 빼곡히 적어나간 단상이 붙어 있었고 테이블에는 잘 정리된 엘피판이 놓여 있었다. 남자는 기타를 들고 중앙에 자리를 잡고 있었다. 나와 친구는 버터가 들어간 따뜻한 커피를 주문하고 자리에 앉았다.

나는 크리스마스 밤을 함께할 이들의 얼굴을 잠시 바라봤다. 정성 들여 커피를 내리고 있는 사장님과 부모님의 손을 꼭 잡고 소파에 기댄 아이. 혼자서, 또 친구와 같이 저녁을 보내기 위해 눈을 헤치며 걸어온 사람들. 모르는 사람들인데도 오늘 우리가 같은 방향을 향해 걸어왔다는 이유만으로 동질감이 느껴졌다.

침묵을 지키던 남자가 공연의 시작을 알렸다. 그는 자신을 시와 노래를 사랑하는 사람이라고 소개한 뒤 어떤 노래를 부를 것인지 이야기했다. 거의 모든 곡을 직접 썼지만, 어떤 곡의 노랫말은 친애하는 강성은 시인의 시에서 빌려 왔다고 밝혔다. 남자가 두 눈을 감고 기타를 연주했다. 화려한 기교 없이 담담하게 그는 긴 겨울밤에 대해서 낮은 몸짓과 누군가를 묻어두었던 장소에 대해서 노래했다. 나는 이곳이 아니었다면 듣지 못했을 음악에 귀를 기울였다. 커피로 목을 축이기도 하면서 때로는 눈을 감고, 때로는 남자의 얼굴을 바라보며 공연을 즐겼다.

분위기는 들뜨는 법 없이 잔잔했다. 바깥의 공기가

느껴지지 않을 만큼 난로는 온기를 내뿜었고 사람들은 흐르는 음악에 자연스레 몸을 맡겼다. 남자는 목소리를 높여 크게 노래하는 법이 없었다. 저마다의 속도로 내리는 눈처럼 자신의 호흡에 집중하면서 간결하게 연주를 이어갈 뿐이었다. 어느덧 공연의 막바지, 남자는 한 사람의 광활한 얼굴을 그리는 노래를 끝으로 공연을 마무리 지었다. 사람들은 그런 그에게 박수를 보냈다.

다시 서울로 돌아가기 위해 나서는 밤. 발밑으로 푹 푹 꺼지는 눈의 질감을 느끼며 나는 친구에게 오늘 저녁을 오래 기억하게 될 것 같다고 말했다. 내가 아는 세계가 아닌 것처럼 무섭도록 내리는 눈과 그 눈을 뚫고 남자의 노래를 들으러 온 여덟 명의 사람. 온기와 불빛으로 가득 찼던 일곱 평 남짓한 카페, 놀랍도록 부드럽게 입안에서 녹아내리던 버터의 맛. 모든 게 현실이 아닌 것 같았다고, 잠깐 잠든 사이에 꾼 꿈 같았다고. 내 말을 듣던 친구는 그럼 또 오면 되지 않겠느냐고 말해주었다. 언제든 같이 오면 된다고. 꽝꽝 얼어 투명하게 빛나던 얼음. 그 위를 걸으며 우리는 넘어지지 않기 위해 서로를 꽉 잡아주며 앞으로 나아갔다.

조금 더 껴안아줄걸

　사람에 대한 생각은 불현듯 시작된다. 얼굴을 매섭게 때리는 눈발 속을 걷다가 작년에 첫눈을 같이 보았던 이를 떠올리거나, 찜솥에서 김을 뿜으며 투명하게 익어가는 만두를 보다가 그걸 사 들고 온 사람을 그려보는 식으로 말이다. 또는 선물로 받은 줄무늬 양말을 신다가 그 양말을 준 사람을 떠올리고, 영화를 보며 혼자 웃다가 그걸 함께 봤던 사람을 생각하고……. 하나씩 열거하자면 끝도 없을, 사소한 이유로 사람을 생각한다.

　사람을 떠올리는 건 악수하는 일 같아서 그 자체로 온기가 있다. 어떤 사람의 기억은 체온과 비슷한 온도여서 붙잡고 있어도 편안하다. 안부가 궁금해질 때 부담 없이 침묵을 깰 수 있는 사람들이 대체로 여기에 속한다. 그들을 떠올리는 일은 선선한 날 연남동이나 서촌의 골목을 따라 한 시간 남짓 하는 산책 같다. 간결하게 함부로 짐작하지 않는 관계들. 그들에 대한 생각은 내려놓은 뒤에도 탈이 없고 잔잔한 잔열이 오래 남아 있다.

때로는 몸의 한기를 단숨에 녹여주는 뜨거운 기억도 있다. 드물게 한두 사람과 나눠 가질 수 있는 기억들. 언젠가 폭설이 내린 여행지에서 엉망으로 눈과 비가 뒤섞인 검은 웅덩이에 실수로 발을 빠뜨린 적이 있었다. 그때 함께 여행을 갔던 친구가 내 운동화를 헤어드라이어로 말려주었다. 다 말린 운동화를 신고 다시 길을 나섰을 때 푹신한 밑창으로 느껴지던 더운 온기. 그런 온기는 좀처럼 잊히지 않는다. 그뿐만 아니라 나에게 선물을 주고 나선 되려 기뻐해줘서 고맙다고 말하는 사람의 눈빛과 목소리. 나의 기쁨을 자신의 기쁨으로 여기는 사람과의 기억은 너무나 가까워서 거리가 벌어지지 않는다. 이따금 자신이 쓸모없는 존재로 느껴질 때면 한겨울에 난로를 찾듯 그런 기억으로 몸을 향하게 된다.

쥐고만 있어도 마음을 서늘하게 하는 기억도 있다. 이들에 대한 생각이 불쑥 떠오를 때는 난감하다. 무언가를 터놓고 말하기엔 이미 만날 수 없는 경우가 대부분이기 때문이다. 처음에는 상대에게 상처받았던 순간이, 그다음에는 내가 상처 줬던 순간이, 마지막에는 그럼에도 늦은 밤부터 새벽까지 서로의 목소리에 의지해 마음을 다독였던 순간이 떠오른다. 그런 날이면 괜스레 마음이 덜그럭거린다. 지금이라면 우리가 과거보다 나은 대화를 할 수 있지 않을까 하는 희망이 무시할 수 없는 정도로 또렷하게 솟는다. 서로를 잃을까봐 하지 못했던 말들 탓에 오히려 서로를 잃게 된 거라면, 이제는 마음을 투명하게 보여주며 솔직해질 수도 있지 않을까. 나는 아직도 너를 많이 아끼고 생각해. 너의 많은 날을 곁에서 축하해주고 싶어. 그런 진심을 전한다면…… 그 말은 가닿을 수 있을까.

이렇게 새어 나올 것 같은 말들을 삼키는 건 용기가 없어서는 아니다. 과거에도 용기는 충분했으니까. 부족했던 건 노력도, 믿음도 아니라 서로의 잘못과 실수를 품어주는 아량이었다. 후회하면서도 마음을 전하지 못하는 건 그것이 어떤 일보다 어렵다는 걸 알기 때문이다. 누군가를 조금 더 껴안을 수 있는 사람이 된다는 건 자기 자신도 잘 안아줄 수 있는 사람이 된다는 뜻인 것 같다. 스스로 용납할 수 없는 실수를 타인에게 허용하는 이는 드물 테니까. 자신에게 더 많은 슬픔과 기쁨을 허락할 때라야 타인에게도 세상에게도 좀 더 친절해질 수 있다.

그래서인지 요즘은 머릿속에 떠오르는 사람을 한 명씩 지우고 나면 그 끝엔 내 얼굴이 선명히 보인다. 누군가를 떠올리는 것만으로도 온기를 감각하던 것과는 다르게 아무것도 느껴지지 않는다. 혼자서는 자신의 냄새가 잘 맡아지지 않는 것처럼. 어쩌면 나는 한 번도 스스로를 제대로 구석구석 안아본 적이 없어서 나에게 어떤 온기가 나는지 알아차리지 못하는 걸 수도 있겠다.

그렇다면, 가장 안아주기 어려운 내 모습부터 껴안아보고 싶다. 이를테면 한 사람이 서운해할 걸 알면서도 침묵이, 시간이 하염없이 흘러가도록 내버려둔 것. 누군가를 믿지 못한다는 사실을 인정할 수 없어서 믿지 말아야 하는 이유를 줄줄이 세워둔 것. 먼저 상처받기 싫어서 먼저 상처를 준 일들. 늦기 전에 나를 잔뜩 움츠리게 하는 그 차가운 기억들과 화해하고 싶다. 그래야 언젠가 또다시 누군가의 얼굴을 떠올렸을 때 한번 더 껴안아주길 잘했다고 말해볼 수 있을 테니까. 겨울은 많은 걸 얼어붙게 하지만, 내 몸에 흐르는 기억들이 온기를 지키고 있으니 괜찮다.

고요한 집

　금요일 저녁 출장에서 돌아온 엄마와 이삿짐을 쌌다. 지금까지 어디에 숨어 있던 건지 끝없이 나오는 짐들로 거실은 전쟁터를 방불케 했다. 뒤늦게 도착한 아빠가 솜이 빠진 일인용 소파와 오래된 액자를 들고 나갔고, 나는 중고 서점에 처분하기로 한 책들을 상자에 담아 집 앞에 내놓았다. 가구가 빠져나간 자리마다 잃어버린 줄 알았던 물건이 먼지를 뒤집어쓴 채로 나타났다. 줍고 쓸고 닦아도 치울 것이 남아 있었고 짐을 옮기고 또 옮겨도 실어야 할 짐이 나왔다.

　이 좁은 방에서 같이 한번 살아보겠다고…… 커다란 비닐에 여름옷과 외투를 담으며 엄마가 혼잣말했다. 엄마가 내뱉은 그 말은 생활을 위해 분투했던 자신을 향한 것이었지만, 나에게는 우리 두 사람이 함께 살았던 지난날을 요약하는 것처럼 느껴졌다. 이 좁은 집에서 살아보겠다고, 둘 다 고생이 많았다. 엄마의 짐을 차에 실어주며 생각했다.

끝이 없었다면 엄마와 나는 분명히 서로를 더욱 많이 다치게 했을 것이다. 헤어지는 날이 다가올 때마다 엄마는 이따금씩 나의 의중을 떠봤다. 넌 나랑 안 사니까 좋지? 아무런 반응이 없자 나를 자극할 요량으로 엄마가 다시 한번 말했다. 그럼 나 안 나가고 계속 산다? 나는 차분하게 대답했다. 그렇게 하고 싶으면 해. 엄마 마음대로. 그러자 조금은 만족스럽다는 듯 엄마가 이야기했다. 이제 나와 싸우지 않는 방법을 아네.

나는 엄마가 내게 그런 질문을 건네는 이유를 잘 알고 있었다. 그렇게 말하면 내가 죄책감을 느끼거나 화를 내니까. 항상 맞받아치던 내가 어느 순간부터 물러서는 모습을 보이자, 엄마도 나를 더 조심스럽게 대하기 시작했다. 가끔 여전히 내가 화를 낼 법한 말을 골라서 하기도 했지만, 나는 더 이상 상처를 주기도 받기도 싫어서 참았다. 엄마의 입에서 무심코 흘러나온 혼잣말은 그런 날들 끝에 나오게 된 것이다.

상대방이 어떤 이야기를 해도 아프지 않고 화나지 않는 사람은 없다. 마찬가지로 너는 왜 나만큼 슬퍼하지 않느냐고 물어 올 때 미안해하지 않는 사람은 없다. 그러나 누군가의 침묵이 좋아진다면 그보다 큰 행복에 다다르긴 어려울 것이다. 언젠가 더는 한마디도 하지 말자고 마음을 먹었을 때 엄마가 날 타이르며 말했다. 너와 내가 언제 또 같이 살겠니. 이번이 마지막인데, 서로에게 조금만 더 잘해주자. 우리 사이가 냉랭할 때도 엄마는 잘 먹어야 한다며 내가 먹고 싶어 하는 음식을 만들어주었다. 국이 식지 않도록 뜨거운 물에 그릇을 여러 번 데워주면서.

마지막으로 빠뜨린 짐은 없는지 방과 거실을 둘러보았다. 다음에 챙겨 가기로 한 매트리스와 이불 외에 빠진 것은 없어 보였다. 이렇게나 많은 짐이 있었다는 것도 놀라운데, 그렇게 짐을 빼내고도 여전히 내 몫의 짐이 남아 있다는 것에 더 놀랐다. 나는 짐을 모두 싣고 떠나는 엄마를 배웅하기 위해 코트를 입고 바깥으로 나갔다.

트렁크와 뒷좌석은 온갖 물건들로 가득 차서 더는 넣을 곳이 없었다. 준비를 마친 아빠가 차에 시동을 걸었고, 탑승하기 직전 엄마가 내게 말했다. 잘 살아야 해. 아무것도 더하지 않은 엄마의 진실한 속마음이 느껴졌다. 나는 손을 흔들며 자동차가 시야에서 사라질 때까지 그 자리에 서 있었다.

두 사람이 떠난 뒤 찾아온 적막은 낯설었다. 정말 따로 살게 된 건가, 실감이 나지 않았다. 언제든 핸들을 틀어 엄마가 돌아올 수 있을 것 같았고, 주말이면 교회에 다녀온다며 밖으로 나서는 모습을 볼 수 있을 것 같았다. 그런데 그런 일은 일어나지 않았다. 엄마가 아침 일찍부터 부산스럽게 움직이면서 내던 생활 소음 탓에 잠에서 깰 일도 없었고 저녁을 같이 먹자는 전화도 걸려 오지 않았다. 통째로 일상이 뜯겨 나갔다는 기분에 도리어 허탈했다.

잘 살아야 해. 엄마가 건넸던 말에 잘 살 수 있다고 응답하고 싶었던 걸까. 누가 보는 것도 아닌데 나는 온 집 안을 뒤엎어 청소하고 부지런히 요리했다. 당근과 감자, 양파를 끓여 카레를 만들었고 과일도 깎아 먹었다. 고요를 작은 소동으로 덮으며 새로운 변화에 적응했다.

이삿날 엄마는 오늘을 기념하고 싶다며 케이크를 사 왔다. 조각마다 맛이 다른, 그래서 콕 집어 어떤 맛이라고 말하기 어려운 케이크 하나를. 어수선한 거실에 둘러앉아 우리는 어둠 속에서 초를 밝혔다. 그리고 이제는 서로가 혼자서도 오롯이 설 수 있길 기도했다. 블루베리 맛, 치즈 맛, 고구마 맛, 생크림. 색도 맛도 다른 그 케이크를 나누어 먹었다.

혼자 살아서 편안하냐고 누군가 물어본다면 아직은 아니라고 답하고 싶다. 엄마와 같이 살지 않는다는 건 단순히 싸우지 않아도 된다는 것만을 의미하지 않는다. 뭐가 걱정이니, 넌 어차피 잘될 운명인데. 내가 한껏 움츠러든 날이면 나에 대해 기이할 정도로 전적인 믿음으로 위로를 건네주고, 내가 부당한 일을 겪으면 누구보다 분노하는 이도 한 공간에 없다는 뜻이니까.

그럼에도 엄마와 따로 살기로 한 건 나의 삶에 못지않게 엄마의 삶도 중요하기 때문이다. 엄마는 너무 오랫동안 가족을 돌보는 데 헌신했다. 나는 엄마가 일방적으로 나를 얽매었다고 생각하지 않는다. 가족과 떨어져 혼자 살기 두려워했던 나 역시 가끔은 엄마가 떠나지 못하게 옭아맸다. 나는 비로소 혼자가 되어보려 한다. 엄마도 마찬가지일 거라 믿는다.

한 그루와 두 그루

행복하게 여행하려면 가볍게 여행해야 한다는 말을 들은 적 있다. 생텍쥐페리였던가. 제주도에서 예정되어 있던 일정을 마치고 호텔 발코니에 나가 밖을 보다 그 말이 떠올랐다. 익숙했던 사물이 갑자기 낯설어질 때가 있는 것처럼, 당연하던 잠언이 새롭게 다가왔다. 최근 들어 무언가를 새로 시작하는 일보다 손수 밥을 지어 먹고 책을 읽고 쓰는 반복적인 일에 더 충실해지기가 어렵다는 사실을 체감하고 있다. 그래서인지 과거에는 당연하게 여겨졌던 저 문장이 실은 얼마나 어려운 건지 여실히 느끼고 있다.

캐리어 가득 챙겨 온 짐만 해도 그렇다. 휴가로 주어진 시간은 이틀뿐인데 논문에 참고할 서적부터 온갖

충전기와 여벌까지 꾸역꾸역 담아 왔다. 어깨에는 커다란 배낭을 메고, 목에는 카메라를 걸고, 한 손으로는 캐리어를 끌며 숙소로 오는 동안 내 몸은 조금도 가볍지 않았다. 이것도 저것도 내려놓지 못해 부담스러울 정도로 많은 짐을 껴안았다. 시간을 아주 잘게 쪼개 많은 일을 하겠다는 욕심이 오히려 그 온전한 형태를 망가뜨릴 수 있다는 걸 알면서도 말이다.

바람이 몹시 세게 불어 바깥의 풀장에 거친 물결이 일었다. 나뭇가지가 휘고 유리창이 흔들렸다. 나 말고 발코니에 서서 밖을 보는 사람은 없었다. 서울로 돌아가기 전에 이곳에 있는 숲을 따라 걷고 싶었다.

다음 날 배낭에 카메라 하나만 챙겨 들고 비자림을 찾아갔다. 수천 그루의 비자나무와 곰솔나무, 단풍나무, 구실잣밤나무 등 수많은 수종이 밀집하여 자생한다는 그 숲에 기대어 쉬고 싶었다. 화산송이로 인해 붉은빛을 띠는 땅을 밟으며 숲길을 따라 걷다가 탐방로 초입에서 100년 전 벼락을 맞은 비자나무 한 그루를 보았다. 그 나무는 오래전 벼락을 맞아 절반이 불에 탔지만, 나머지는 살아남아 지금까지도 초록색 잎을 피워 올리고 있었다. 100년에 걸쳐 진행되는 재생과 회복. 뿌리는 부지런히 땅속의 물과 양분을 흡수하고 물관은 물을 길어 체관으로 보내고……. 내 눈에 보이지 않는 반복의 힘들이 불탔던 나무를 살리고 있다는 게 느껴졌다.

노랗게 물든 단풍나무도 보였다. 가까이 가서 살펴보니 평상시에 보던 것에 비해 잎이 작았다. 그 잎들이 왜 그렇게 아름답게 느껴졌을까. 숲의 중심부로 떨어진 빛들이 나뭇잎의 본연의 색을 한층 더 강하게 밝혀서였을까. 그 모습을 담으려고 카메라 셔터를 눌렀다. 잘 찍고 싶은 마음에 몇 차례 다시 카메라를 들었지만, 눈으로 보이는 색을 온전하게 담을 수는 없었다. 아쉬웠지만 다행이라는 마음도 들었다. 작은 사진에 붙잡는 것보다 눈에 담아두는 게 나으니까.

비자림을 걷고 있으니 나뭇가지 사이를 돌아다니는 새가 된 듯했다. 어디에 시선을 두어도 흐드러지게 핀 풍란과 희귀한 식물을 볼 수 있었고 그것을 보기 위해 걸음을 멈추는 게 자연스러웠다. 아스팔트로 덧씌워진 땅이 아니라 숲을 키워내는 본연의 땅을 밟자 내 몸을 구성하고 있는 기관이 열리는 기분.

탐방로의 중간쯤 이르렀을 때였나. 서로 다른 줄기가 합쳐져 하나의 나무줄기로 자라는 연리목을 보았다. 수령이 800년은 족히 넘는 새천년비자나무와 함께 사람들에게 큰 사랑을 받는 나무였다. 가까운 곳에서 나란히 자라다가 어느 순간에 몸을 공유하게 된 나무를 보며 내 몸과 구분된다고 여겼던 경계들이 실은 그리 명확하게 구별되지 않을 수도 있겠다고 생각했다.

나의 감각기관은 내부가 아니라 외부를 향해 있다. 두 눈으로 노랗게 물든 단풍의 아름다움을 보고, 코로 나무가 스스로 보호하기 위해 내뿜는 냄새를 감지한다. 두 귀가 있기에 나뭇잎을 스치며 가지 끝을 어지러이 옮겨 다니는 새들의 활기도 느낄 수 있다. 입으로는 양식을 삼키고 내 몸은 그것을 동력 삼아 다시 움직이고 살아간다.

갈수록 몸이 무겁고 비대해진다고 느끼는 건 일상의 많은 부분을 오로지 내 일에만 집중하면서 감각을 가로막았기 때문은 아닐까. 두 그루의 나무가 그랬듯이, 나의 신체도 세상과 공유할 수 있는 장소 같은 거라면 좋겠다. 뻗어 있는 두 팔은 내 몸을 나를 안기에도 적당하지만 바깥을 안기에도 좋으니까.

생일 축하해, 미린 언니

언니에게 편지를 쓰려고 하니까 한 번도 편지를 써본 적 없는 사람이 된 것 같다. 잘 말하려고 하면 할수록 더듬고 실수하게 될 걸 알면서도 마음이 비워지지 않네. 비어 있던 마음이 채워질 정도로 언니가 나에게 소중한 사람인가봐.

나는 오늘 언니를 생각하면서 오래 걸었어. 나무 주위로 수북하게 떨어져 있는 잎을 봤고 그 위를 지나며 밟는 기분이 좋아서 꼬리를 흔들었어. 더 많은 걸 보고 싶었는데 언니 생각을 하느라 다른 건 잘 보지 못한 것 같아. 그리 춥지 않은 날씨에 언덕길을 오르며 나는 우리가 만났던 날을 그려보았어. 첫 연락을 나눈 시점으로부터 꽤 많은 날이 지난 어느 오후였지. 낯가림이 심한 나 때문에 만남이 어색해질까봐 걱정했는데 언니를 보고 신기하게 마음이 편해졌어. 처음 만난 사람을 누구보다 조심히 대하려는 사려 깊음이 느껴졌거든. 그때 생각했어. 아, 이 사람 앞에서는 안심해도 되나 보다. 사실은 저, 사람 좋아하는데 많이 무서워요. 그런 두려움까지 들켜도 되는 사람이구나. 그래서 기뻤던 것 같아. 그날 우리는 이른 오후에 만나 저녁이 올 때까지 대화했어. 커피를 한 잔 두 잔 비우고 어둠이 빛을 밝히고⋯⋯. 테이블에 앉아 있던 사람들이 바깥으로 나가고 또 다른 사람들이 카페에 들어와 자리를 잡을 때까지 얘기할 것이 남아 있었지.

어떻게 이런 일이 가능할까? 언니와 헤어지고 생각했어. 다시 이렇게까지 누군가에게 솔직해질 수 있다니. 그런데도 두렵지 않다니. 설명할 수 없어서 영혼의 일이라고 믿었어. 마음의 일도, 사람의 일도 아닌 영혼의 일. 힘을 들여 닫았던 마음을 연 것도, 사람이 그리워서 다가간 것도 아니었으니까. 그저 떠돌던 영혼의 마주침. 어떤 알아봄. 거리를 배회하는 고양이가 서로의 냄새를 맡듯이, 비껴가지 않고 잠시 부드러운 털을 맞대듯이 영혼이 만난 거라고 여겼어.

서두르지 않고 우리는 만났지. 여름밤에는 담장에 핀 장미꽃을 따라 언니가 한때 살았던 동네를 산책했어. 색색의 등불이 있었고 사랑한다고 누군가 적어둔 낙서가 있었고 계단에 웅크린 고양이가 있었어. 그 길을 걸으면서 말했던 것 같아. 좋은 사람들이 마음을 다치지 않고 계속 글을 썼으면 좋겠다고. 그 사람들이 있어야 나도 글 쓰는 게 덜 외로울 것 같다고.

언니의 시에 대해서도 이야기했지. 시집에 수록된 작품이 아니라 흩어져 있는 언니의 시에 대해. 나는 언젠가 그것들을 한데 묶어서 책을 냈으면 좋겠다고 했어. 의도에서 벗어난 파편 같은, 실패라고 말할 수 없는 완결 같은, 잃어버리지 않았으면 하는 마음이 거기 있었거든. 언니는 고맙다고 했어. 나는 그 말이 좋았어. 우리가 나눈 대화 중 어느 것도 지우고 싶지 않아서 좋았고 같이 걸었던 그곳이 언니가 살던 동네라서 좋았어.

유령 손금에 대해서 언니가 해주었던 말 기억해? 생명선이 흐릿한 언니의 왼손을 보고 친구가 붙여준 이름이라고 했잖아. 언니는 손바닥을 오므려 그 감각을 쥐고 세계를 바라보는 걸 좋아한다고. 여리고 연한 것들에 다가설 때는 유령 손금을 펼쳐 그것들을 살살 매만지고 싶어진다고. 한 생명체의 밝고 강한 면이 아니라 가장 여린 면. 그걸 만지려면 나 역시 아주 여린 사람이 되어야 한다고. 그 말은 시간이 흘러도 사라지지 않더라. 스러지기 쉬운 것을 놓치지 않으려고 언니는 점점 희미해지고 싶은 것처럼 보였는데 나에게 언니는 오히려 더 분명해지더라.

언니, 요즘 나는 먼 미래를 생각해. 그러면 어떤 건 시간으로부터 지켜낼 자신이 없더라고. 그런데 언니를 생각하면 시간이 비껴가더라. 어떤 사람이 길에 우두커니 서 있으면 부딪히지 않으려고 살짝 돌아가는 것처럼. 옅은 바람이 나무를 관통하지 않고 모든 가장자리를 건드리며 지나가는 것처럼. 언니가 그대로 있더라고. 그렇게 되길 바라는 소망이 아니라 또렷하게 감각되는 예감이.

처음 연락을 나눴을 때 언니는 경주에 있었다고 했지. 볕도 화창하고 불어오는 바람도 적당해서 기분 좋았던 날. 그래서 평소라면 하지 않았을 말을 가벼운 마음으로 내게 전했다고 했어. 언젠가 만나자고. 나는 대답했지. 언니가 있는 곳으로 내가 가도 된다고. 언니는 그 말이 따뜻했다고 했어.

앞으로 우리가 만날 날에도 언니가 그런 기분이었으면 좋겠다. 가만히 있어도 살아 있다는 게 실감 나는 햇볕 같은 기분. 갓 건조된 세탁물에서 나는 따뜻한 냄새처럼 별다른 흔적을 남기지 않지만, 찰나의 순간을 느끼게 하는 것들 말이야. 이 편지를 쓰고 나면 언니를 만나러 가려 해. 생일 축하해 미린 언니, 말해주기 위해서.

남천나무

잠들기 전 내가 살고 싶은 집을 떠올렸을 때 변함없이 중심을 차지하고 있는 존재가 있었다. 바로 나무다. 불가능한 꿈일 수 있지만 나는 언제나 거실 한가운데 커다란 나무가 있었으면 했다. 그 나무가 빛을 흠뻑 머금고 자라도 될 만큼의 넓은 공간과 그것을 투과시켜 줄 창, 높은 층고는 곁가지처럼 따라오는 상상이었다. 활짝 열어둔 창과 발코니를 통해 나무를 오가는 새. 바람에 부딪히며 수런거리는 잎. 그 상상이 나의 머릿속에서 얼마나 부드러운 거품을 생성했던지. 아침에 일어나 먼저 만나게 되는 존재가 헤아릴 수 없이 많은 푸른 잎이라면, 기품을 뽐내는 수피라면 메마른 일상의 두려움을 가볍게 밀어낼 수 있지 않을까 싶었다.

하지만 내가 처음으로 독립해서 얻은 공간은 살림살이만으로도 비좁은 원룸이었기에 나무에 대한 상상은 접어둘 수밖에 없었다.

해가 바뀌어 다시금 나무에 대해 생각하기 시작한 건 지금 사는 집으로 이사 온 뒤였다. 전에 살던 집보다 두 배가량 넓어서 큰 나무까지는 아니더라도 대형 화분에 심긴 나무 한 그루 정도라면 보살필 수 있을 것 같았다. 아랄리아, 아레카야자, 레몬오렌지나무 등 다양한 나무를 살펴보다가 남천나무를 발견했다. 설명을 읽어보니 키우기 까다롭지 않고 추위에도 강해서 많은 이가 반려식물로 키우는 나무라고 했다. 겨울철에는 잎이 홍색으로 물들어 아름다운 낙엽을 볼 수 있다는 점도 매력적이었다.

그러나 막상 나무를 들인다고 하니 걱정이 앞섰다. 우리 집이 나무가 살기에 적합한 환경인지, 건강하게 잘 관리할 수 있을지 의구심이 들었다. 그런 생각을 하다 보니 어느새 나의 불찰로 인해 눈앞에서 천천히 죽어가는 나무 한 그루를 떠올릴 수 있었다. 고민을 거듭한 끝에 일단 생명력이 강한 양지식물과 생활해보기로 했다. 이후에 식물을 좀 더 잘 돌볼 수 있다는 믿음이 생기면 나무와도 함께 살아보자고.

다음을 기약한 남천나무와의 만남은 의외로 금방

찾아왔다. 남천나무에 대해 알고 나니 거리를 지날 때마다 눈에 띄었다. 남천나무는 정말 어디를 가든 볼 수 있었는데, 아파서 병원에 가면 화단에 심겨 있기도 했고 주택가 담장 너머로 붉은 열매를 내보이며 시선을 뺏기도 했다. 어느 기업가가 기증한 생가에도, 아담한 규모의 야외 마당에도 한쪽 영역을 차지하고 있었다. 상황이 이렇다 보니 남천나무에 대해 떠올리는 일이 잦아졌는데, 어쩐지 나와 다르면서도 비슷한 면모를 가지고 있다는 생각이 들었다.

먼저 다른 점을 말해보면 어떨까. 남천나무는 화려한 외관을 가지고 있을 뿐만 아니라 추위에도 강하다. 나의 경우는 겨울에 취약하고 겉모습도 그다지 시선을 끌지 못하는 수수한 편에 속한다. 미신적인 구석이 있지만 남천나무의 꽃말은 전화위복인데, 나는 안 좋은 일이 닥쳤을 때 그것을 기회로 바꾸기보다는 더 어두운 쪽으로 몸을 웅크리는 습관이 있다. 뿌리 뽑히는 나무가 땅속 깊숙이 다시 한번 흙을 쥐듯이 말이다. 또한 남천나무는 생육 조건에 따라 놀라운 생장 속도를 보이기도 하는데, 외부 조건과는 별개로 찬찬히 흘러가는 일상을 선호하는 나로서는 이러한 속성들이 멀게만 느껴졌다.

그런데 작년 봄 남천나무에 대해 찾아보다가 몇 가지 사실을 알게 되었다. 우선 남천나무는 울타리 식물로 적합하지 않다는 것. 그 사실을 접했을 땐 다소 의아했다. 아름다운 붉은 열매와 계절마다 잎의 색깔을 달리하는 특성 덕에 관상목으로 인기를 끌고 있기도 했고 밑에서부터 여러 줄기로 갈라지는 풍성한 형태가 외부와 내부를 분리하는 데 탁월하다고 생각했기 때문이다.

하지만 남천나무는 큰 키에 비해 나무줄기는 얇아서 바람에 잘 휘고, 겨울에는 잎이 앙상해져서 외부의 시야를 효과적으로 차단하지 못했는데, 이는 다른 울타리 식물, 사철나무와 비교해본다면 결점에 속했다. 균등하게 자라지도 않아서 식재하기 까다롭다는 특징도 마찬가지였다.

재밌는 건 이러한 사실을 알고 나니 오히려 남천나무와 내가 유사한 구석이 있다는 생각이 들었다는 것이다. 잎이 촘촘히 자라는 사철나무 같은 울타리 식물과는 다르게 제멋대로 자라는 특성과 빼곡히 잎이 나지 않고 곳곳에 빈 공간을 열어두는 모습이 나와 닮아 보였다. 나는 갈림길에서 선택을 내려야 할 때 타인에게 조언을 구하기보다 스스로에게 더 많은 질문을 건넨다. 조금은 제멋대로인 것처럼 보일지라도 이 과정에서 내가 무엇을 발견하고 성장할 수 있을지 고민한다. 마치 남천나무의 가지가 높은 곳이든 낮은 곳이든 자신의 형태에 집중해 뻗어 가는 것처럼 말이다. 또한 빈틈없는 일상을 살다가도 다른 풍경이 눈에 보이지 않을 만큼 마음이 빼곡해지면 후드득 나를 털어내어 공백을 만든다는 점도 꽤 비슷해 보였다. 소란스럽지 않게 집에서 좋아하는 음악을 들으며 쉬어 가는 것처럼.

이쯤 되니 올해는 나와 함께 생활할 반려나무를 맞이해도 되지 않을까 싶다. 근 몇 년간 작은 식물도 훌륭하게 돌봐왔고 식물의 물 주기를 민첩하게 알아차릴 만큼 경험도 쌓기도 했으니까. 하지만 자꾸 망설여지는 이유는 무얼까? 이미 내 안에 커다란 남천나무를 심고 있기 때문인지, 아니면 삶에 커다란 구멍이 생겼을 때 단단히 뿌리내려줄 미래의 나무를 생각하며 아껴두고 있는 것인지 아직 잘 모르겠다. 그렇지만 언젠가는 분명 만나게 되겠지. 열린 창으로 불어오는 바람과 아침이 가져다준 빛, 그 아래서 원하는 만큼 자랄 준비가 되어 있는 나무와 내가.

같이 살자는 마음

윤주와 이런 얘기를 했다. 누군가와 함께 산다면 어떨까? 평생 다른 삶을 살아온 사람과 살고 싶어지는 마음은 어떤 걸까? 나는 오래전부터 아주 진지하게 그 생각을 했다. 혼자 살기에 나라는 사람의 생명력이 강해 보이지 않았기 때문이다. 나는 자신을 위해 자잘한 수고로움을 감당하는 것에 쉽게 지치는 편이다. 며칠은 호기롭게 채소를 씻어 샐러드를 만들어 먹다가도 얼마 지나지 않아 통째로 썩히기 일쑤고, 다른 일들에 치여 살다가 깜빡 잊고 공과금 내지 못하는 날도 많다. 화장실 타일 줄눈은 얼마나 빨리 더러워지는지. 하얗던 줄눈이 금세 붉고 검게 변해 있는 걸 보면 무기력해지고 만다.

그러나 타인을 위해서라면 좀 다르다. 우리 집에 다른 누군가가 머무를 때면 나도 모르게 생기가 돈다. 내가 굶는 건 상관이 없지만, 친구를 굶길 수는 없기에 아침 일찍 장을 봐 오고 식후 곁들일 커피까지 여유롭게 골라 온다. 평소라면 늦잠을 잤을 테지만, 괜스레 부지런해지고 싶어져서 서재에 쌓인 먼지를 닦고 책을 펼치기도 한다. 한없이 가라앉아 있던 내가 누군가가 곁에 있다는 이유만으로 생활에 탁월해지는 걸 보면서 나는 사람이 필요하구나, 깨달았다.

윤주는 달랐다. 윤주는 한 번도 타인과 사는 삶을 꿈꿔본 적이 없다고 했다. 누군가와 미래에 대해 구체적으로 얘기해본 적이 없을뿐더러 제 몸 하나 건사하기에도 벅찼다고, 지키고 싶은 사람이 많아서 실패하면 안 될 것 같은 부담감을 느끼며 지내왔다고 했다. 가족에게 버팀목이 되고 싶은 마음과 스스로가 휘청일 때 붙잡아줄 사람이 없을 것 같은 두려움. 자신의 과거를 말해주는 윤주의 표정은 담담했지만, 거기엔 어쩔 수 없는 노곤함이 깃들어 있었다. 그건 내가 다 헤아릴 수 없는 윤주의 시간이었다.

우리가 함께 사는 일에 대해 이야기를 나눠보기 시작한 건 지난봄부터였다. 다른 지역에 살던 윤주가 이직하려는 직장이 마침 내가 사는 곳과 가까웠다. 나는 면접을 마친 윤주와 밥을 먹기 위해 회사 근처에 있는 식당으로 찾아갔다. 어색한 정장을 입고 조금은 허탈한 듯 보이는 윤주를 보자 안쓰러웠다. 우리는 맵고 뜨거운 육개장을 떠먹으며 어떻게 하면 지금보다 더 안정적인 삶을 살 수 있을지 머리를 맞대보았다. 한 사람이 건강하게 살기 위해선 얼마나 많은 돌봄이 필요한지, 아무도 없다고 생각한 순간에도 타인에게 어떤 도움을 받으며 살아왔는지를 절감하면서 말이다.

먼 훗날에도 각자가 혼자라면 같이 사는 것도 방법이겠다는 말을 끝으로 우리는 식당을 나섰다. 노을이 지고 있었고, 퇴근하는 직장인들로 붐비는 지하철역 입구에서 윤주와 나는 손을 흔들며 헤어졌다. 편안한 차림인 나와 달리 정장을 갖춰 입고 바삐 움직이는 사람들을 보면서 혼자만 다른 세계에서 온 것 같다는 착각이 들었다. 이곳이 세상 전부가 아닌데도 어쩐지 소외감이 들었다. 그로부터 얼마 뒤 윤주는 합격 통보를 받았고, 직장 근처 고시원에 방을 구했다.

새 직장은 어때? 지내는 곳은 괜찮아? 이따금 전화를 걸면 윤주는 조심스럽게 답했다. 방음이 잘되지 않아 큰 소리로 이야기하는 게 곤란하다고, 매일 밤 옆방 사람의 코 고는 소리까지 듣고 있다고 했다. 고시원인 만큼 사람들이 머무는 주기도 짧아서 며칠은 어느 나라의 말인지 가늠되지 않은 외국어가 들리다가도 곧이어 빈방이 된다는 말도 덧붙였다. 나도 조만간 다른 곳을 구해야 하는데. 걱정하는 윤주를 보면서 서로를 돌봐줄 수 있는 미래는 멀게만 느껴졌다.

그러다 지난가을, 평소처럼 근황을 나누다가 윤주의 집 계약이 끝나가는 걸 알게 됐다. 나는 이참에 윤주와 같이 살아보면 어떨까 생각했다. 윤주에게 물었다. 만약 나와 같이 산다면 어떤 이유 때문일 것 같냐고 말이다. 윤주는 대답했다. 너는 내가 지켜주고 싶은 사람이면서, 동시에 자신을 지켜줄 사람이라는 믿음이 있어서라고. 이번에는 같은 질문에 내가 답했다. 나는 삶이 너무 길고 지루해서 곤욕스러울 정도인데, 너와 함께 있으면 시간이 쏜살처럼 지나가서 빨리 늙을 것 같다고, 나는 그것이 아주 좋다고.

우리는 매일 조금씩 구체적으로 같이 사는 삶을 상상했다. 낡은 집을 함께 둘러보면서 무엇을 고치면 좋을지, 벽지를 어떤 색으로 바꾸면 집 안의 전체적인 분위기와 어울릴지 고민했다. 책을 무척 사랑하는 우리가 책장을 들인다면 어떤 자리에 어떤 모양으로 그것을 꾸밀지도. 상상만 하던 일을 현실로 바꿔가며 우리는 새해부터 함께 살기로 했다. 찬찬히 우리만의 공간을 그려보면서.

아직은 누군가와 함께 살기로 했다는 게 실감이 나지는 않는다. 대단한 결심이 섰다거나 완전하게 한 사람에 대한 확신이 들어서는 아니었기 때문이다. 이토록 불완전한 우리이지만, 함께 있을 때만큼은 아슬아슬한 세상 위에서 균형을 잡아볼 수 있을 것 같았다. 내가 중심을 잃어도 붙잡아줄 누군가가 있다는 걸 떠올릴 수 있으니 말이다. 나는 앞으로 윤주와 맞이할 날들이 기대된다. 한 사람이 넘어져도 그 사람을 일으키고 먼지를 툭툭 털어줄 두 손이 우리에게는 있으니까.

첫 눈뜸

내내 앓던 감기가 나았다. 숨쉬기가 수월해져서 오랜만에 긴 단잠을 잤다. 걷어진 블라인드 사이로 햇볕이 화창하게 들었다. 내가 덮고 있는 이불뿐만 아니라 집 안에 놓인 나무 액자, 금전수 화분, 거울, 벽과 벽이 만나는 모서리까지……. 구석구석 빛의 손길이 닿았다. 특별할 것 없는, 어제와 달라진 게 하나 없는 일상적인 순간이 갑자기 아름답게 느껴져서 주변을 둘러보았다. 윤주는 과일을 사러 잠시 외출했고, 함께 베개를 베고 잠들었던 밤이가 눈을 떴다. 검고 깊고 투명한 눈. 밤이를 품에 안고 콧잔등에 입맞춤하다가 볕이 잘 드는 곳에 자리 잡았다. 아무것도 생각하지 않고 볕을 쬐는 잠깐이 행복해서 밤이에게 무심코 말했다. 밤이야,

살아 있어서 참 좋지. 그치? 살랑살랑 꼬리를 흔들며 내 몸에 더욱 파고드는 밤이와 몸을 맞대니 하루를 멋지게 시작할 수 있을 것 같은 기분이었다.

새해의 첫 식사로 떡국을 요리하기 위해 부엌으로 향했다. 오래전 단오나 동짓날에 앵두화채나 팥죽 같은 음식을 정성껏 만들어 먹었을 사람들을 떠올렸다. 본격적으로 겨울을 맞기 전에 풍요와 안정을 기원하기 위해 저마다 깨끗한 마음가짐으로 재료를 다듬고 빚었을 사람들. 나의 의지로 챙겨보는 새해 음식인 만큼 과하지도 부족하지도 않게 만들어보고 싶었다.

미지근한 물에 새하얀 떡을 불리고 지난밤에 미리 우려두었던 멸치 육수를 가스레인지에 얹었다. 탁, 탁, 탁. 불이 점화되는 소리. 푸른빛을 내는 불 위에 냄비를 올려두고 프라이팬에 달걀노른자를 풀었다. 표면이 하얗고 노랗게 익어가는 동안 대파를 양껏 썰었다.

끓는 육수에 만두와 떡을 넣었다. 간을 맞추니 제법 맛이 좋았다. 많은 것을 넣지도 않았는데 각각의 재료가 한데 어우러져 풍성한 맛을 낸다는 게 신기했다. 무엇보다 내 손으로 만든 음식이 생각보다 맛있다는 게 재밌었다. 떡국이 보글보글 끓을 때 썰어둔 대파를 넣었다. 외출에서 돌아와 곁에서 식기를 정리해주던 윤주가 식탁에 숟가락과 젓가락을 놓았다. 유리잔에 물을 따르고 완성된 떡국에 후추를 뿌렸다.

식탁에 앉은 윤주가 떡국을 한 숟갈 떠먹었다. 나는 국물부터 먼저 삼켰다. 단숨에 입속부터 복부까지 따뜻해지는 느낌. 맛있다, 맛있어. 요리하길 잘했다. 별것도 아닌 걸 좋아하면서 우리는 김이 나는 떡을 후후 식혀 먹었다. 후식으로는 윤주가 사 온 스테비아 방울토마토를 처음 먹어보았는데, 설탕을 바른 것처럼 너무 달아서 놀랐다. 어쩜 이렇게 달고 신선할까. 자꾸 손이 갔다. 한편으로는 열매마다 짭짤한 정도도 당도도 다른, 익숙한 방울토마토가 생각나기도 했다. 같이 두었다가 단맛이 지루해질 때쯤 한 알씩 섞어 먹어도 좋겠다 싶었다.

식사를 마친 후에는 혼자만의 시간을 가졌다. 책상에 앉아 올해를 위해 작년 시월에 사둔 묵직한 호보니치 테쵸 만년 다이어리를 꺼냈다. 가죽의 부드러운 촉감이 느껴지는 커버에는 연도를 가리키는 숫자 2024-2028이 금장으로 아름답게 각인되어 있었다. 나는 각인된 그것을 손끝으로 만져보았다. 하루, 한 달, 1년이 아니라 5년. 그 정도의 부피를 지닌 물성과 기록이라면 먼 훗날 이 시기를 하나의 역사처럼 꿰어볼 수 있지 않을까. 먼지처럼 작고 사적인 내 삶의 궤적을 말이다. 첫 장을 펼치니 2024년의 1월 1일, 2025년의 1월 1일,

2026년의 1월 1일, 2027년의 1월 1일 그리고 2028년의 1월 1일을 한눈에 볼 수 있도록 구성되어 있었다. 그러니까 매일매일 종이를 넘기는 방식으로 5년간 쓰면 되는 것이다. 물건을 끝까지 소진하는 지구력이 부족한 나이지만, 앞으로의 시간을 이곳에 남기고 싶었다. 얇고 가벼운 종이의 아랫부분에는 일본어 문장이 적혀 있었는데 번역해보니 다음과 같은 말이 눈에 들어왔다.

나는 무엇을 했는가? 아니면 무엇을 하지 않았는가? 그것을 기억하고 쓰려 한다. 나는 이날, 이날밖에 없다. 미래의 나에게 잊지 말라고 전해.

일부는 누락되어 번역되지 않았고 완전하다고 할 수 없는 엉망인 문장이지만, 오래 되뇌고 싶은 문장이었다. 어찌 되었든 나에겐 이날밖에 없다는 것. 내가 맞이한 오늘은 과거에도 미래에도 없고 오로지 단 하루로 존재할 뿐이라는 것. 그 단상을 곱씹다가 어떤 페이지도 찢지 말자고 생각했다. 내 삶이 추하게 느껴지는 날에 대해 썼더라도, 숨기고 싶은 감정들이 맨얼굴처럼 드러나도 없애거나 버리지 말자고. 나는 그곳에 어젯밤부터 구상했던 시의 문장을 이어서 쓰고 가름끈을 올려두었다. 내일 다시 열어볼 수 있게.

새해가 지난 지 얼마 안 되었을 때 갑자기 많은 양의 눈이 내렸다. 윤주와 밤이와 다 같이 산책하다가 돌아가는 길이었고, 축축한 땅을 좋아하지 않는 밤이는 집을 향해 뛰었다. 그 보폭에 맞춰서 함께 달리는데 몸이 한없이 자유로워진 것 같았다. 내 얼굴에, 어깨에, 두 다리에 어떤 티끌의 무게도 실리지 않은 것 같았다. 지나치게 평범한 나의 일상을 사랑이 대단하게 만들어준 순간이었다.

다정의 온도

지은이 · 정다연
펴낸이 · 김영정

초판 1쇄 펴낸날 2024년 11월 20일
초판 2쇄 펴낸날 2024년 12월 16일

펴낸곳 (주)현대문학
등록번호 제1-452호
주소 06532 서울시 서초구 신반포로 321(잠원동, 미래엔)
전화 02-2017-0280
팩스 02-516-5433
홈페이지 www.hdmh.co.kr

ISBN 979-11-6790-276-4 04810
ISBN 979-11-6790-194-1 (세트)

* 책값은 뒤표지에 있습니다.